DEERBOOK
鹿　书

火与废墟

基弗艺术札记

FIRE AND RUINS

林贤治 著

武汉大学出版社

我的工作在很多方面都是世界性的，虽然我从未直接卷入政治。

我觉得，需要唤醒记忆，不是为了改造政治，而是为了改造自己。

我不是为绘画而绘画。作为一名艺术家，作为一个人而活着，我应当这样去工作。

——［德］安塞姆·基弗

目录

引 子   1

第一章   天空和大地   9

     天 空   11
     原 野   18
     森 林   26
     洪水，河流和海洋   33
     道 路   39

第二章   博物志   45

     鹰   47
     蛇   50
     石 头   54
     植 物   61
     火与剑   70

第三章   建筑学   79

     法西斯建筑   81
     巴尔雅克，阶梯，廊柱，门   85
     广场与密室   91
     书   96

| 第四章 | 政治考古学 | 107 |

流 亡　　　　　　　　109
偶像：崇拜与破坏　　117
英 雄　　　　　　　　123
遗忘或背叛　　　　　130
两姐妹　　　　　　　137

| 第五章 | 艺术：介入与超越 | 145 |

调色板　　　　　　　147
材质及其集合　　　　151
精神置于一切之上　　155

| 附 录 | 基弗和他的作品 | 161 |

| 再版后记 | | 169 |

引 子

1945年4月盟军空袭后,柏林人在一片狼藉的大街上艰难穿行

1

当历史依然酣睡,画家开始醒来。

2

如果去博物馆,经过画廊,倘徉于展览大厅,定然看见众多在亚麻布、石头和青铜中诞生的男女:王公、贵族、牧师、修女、小店主、浪荡子、娼妓、厨妇、舞者、浴女……神秘的肉体,光裸的肉体……王冠、长袍、礼服、曳地的裙子、镶边的花衬衫;鬈发、唇、颈脖、胸脯、乳房、臀、腿和膝,以及浑圆的脚踝……绽放着,滚动着,满溢着……明艳,茂密,健硕,盛大……然而你觉得,这一切是真实的存在吗?

他们生活的时代,唯是米开朗基罗的时代,提香和伦勃朗的时代,塞尚和高更的时代,奥斯维辛之后,再没有完整的人。这些为生命所充盈的肉身,已经化作轻烟和灰烬。幸存者也是灰烬的一部分。曾经庇荫的家宅、庭园、纷披的花枝,在岁月的那端,不复有温馨的气息缭绕。黑信封,空椅子,残破的风琴和书架;血污了台阶,泪水无声地侵蚀着月光、阳台、铁栏杆,有谁向窗口凝望?即使教堂一样站在原地,拱顶的战栗无人察觉;一样的唱诗,一样祈祷,如何可能恢复往昔的庄严与圣洁?坚定的砖石是虚假的,游移的车辆是虚假的,咕咕叫的鸽子是虚假的,翅膀是虚假的……上帝呢?上帝是不是那个悲悯的上帝?……

奥斯维辛之后，世界改变了。

没有人。没有人的创造物。也没有自在之物。

只有废墟。

废墟。废墟。废墟。

3

废墟不是时间的冲积物，不是自然灾变的残骸，它由国家——一头凶险的巨兽——咬噬而成，是极权主义制度本来的形象。开始就是废墟，今天不过是往日的延续或扩大而已。

一个民族，历经浩劫而不见废墟是可疑的。

看！看这里——

后极权主义的废墟之上，有太多的奴役和屠戮的痕迹。领袖死了，志愿行刑者死了，褐色和黑色的军人不见了踪迹，而罪证，仍然保留了下来。在死神降临之前，他们来不及销毁这些证物——为什么要销毁？杀人本来便是一种荣耀，正如党卫军头目希姆莱所说："只有我们部队才能够面对成百上千的排列的尸体，这是历史上从来没有被书写过的光荣的一天。"于是，我们看见了一座座架满铁丝网的岗楼、营房、木架床、火墙，突如其来的铁轨；看见了毒气室、焚尸炉、木车、铁锹、做苦役的各种工具；看见了黄色六角星，墙上的手印、画、图案，未写完的信，日记和诗篇；还有，刻在砖墙和木板上的一个又一个名字,那是什么意思?他们在绝望中呼唤自己,还是呼唤同样陷于绝望的同类?

在奥斯维辛博物馆,陈列着那么多的照片和物件——其实,早在我们欢呼着向领袖行舞手礼的时候,一切都给准备好了!

纽伦堡。作为一个标志性地点,党在这里崛起,也在这里覆灭。国际法庭竖起高高的绞刑架,十二个——为最后的十二个头领敲响丧钟。没有墓地,没有骨坛,没有地方可以成为纳粹主义的圣殿。大幕沉沉。然而,正剧的结局,却无法改变悲剧的全部剧情。六百万犹太人死于虐杀,数千万欧洲人死于战争——此后,献上鲜花或点燃蜡烛,于逝去的生命有什么意义呢?

只要血来不及清洗,
只要记忆仍在,
只要秘密还蜷缩在档案室里,
只要公义还怯于说出,
世界就是废墟。

废墟是你,废墟是我,废墟是幸存下来的我们中的每一个人。

这废墟存留于我们体内,且绵亘成片,覆盖所有的心灵。麻痹,冷漠,空虚,阴郁,焦虑,终日悚悚危惧。我们失去了爱、善良、诚实、正直和尊严,失去了自由的梦想,失去了良知、信仰和勇敢。我们学会眯着眼睛看人,互相猜疑和仇视,甚至不信任自己。虚无主义的荒凉。

——世界如何救赎?

4

众多画家已然丧失思的能力。在他们眼里,唯是世界的表象,镜面及其反光;而基弗,看到的是现实的全息影像,黏连着记忆的重叠的阴影。他们是游戏者,沉醉于迷幻的光色之中;而基弗,眼前飘舞的是死亡的意象,他总是看到:今日重复昨日,死者跟踪生者。每一个日子,都被他们当作解放日来庆祝;而基弗,一个悲观的人文主义者,始终自囚于文明的废墟之中。他确信,新生的道路发端于此,然而那前景又堵塞着重叠的黑暗,直到世纪尽头……

只要世间存在着黑暗,他就是黑暗。
只要世间存在着死亡,他就是死亡。
他看得见同行所看不见的废墟,亡灵,不祥之物。他是一个通灵人。在我们的时代里,真正的画家一定是一个通灵人。

所以,基弗必须离开。
他不得不寻找。
在德国,他工作于废弃的校舍和厂房。在法国,换了巴尔雅克的养蚕场,一样的废弃已久。没有人。到处是岩石、沙砾、灰泥,他就像一只寄居蟹一样地游来游去,从自己到自己。
在巴尔雅克,基弗建造铅石混制的塔楼,挖掘洞穴,修筑长达数里的隧道连接白天和黑夜,一如历史,宏大而幽深。画家无秩序地放置铅制的床,以及船,令人骇异,想象千万年前周遭一片汪洋,而今水落石出——谁人在其上安寝？他用身体绘画，画幅、摄影图片、钢丝、铁板，各式材料散落地板，堵塞了道路。混乱。荒寂。即使培植了绿色的生命：薰衣草、百里香、桑树、藤萝，也无所谓春天。地面上，一群群向日葵也非梵高的向日葵，从来不作疯狂的舞蹈，却因太阳的黯淡而纷纷垂首……

自我流放于大地边缘，居于钟的心脏，反刍记忆中的黑色物质，倾听空穴的风声……

在基弗这里，废墟并非历史的实存。

作为艺术形象，他无意于再现现实世界中具象的轮廓，而需要一个多形体的复合的形象，一个象征，一个巨型的图像空间。当废墟在画家的观察、记忆和想象中显现出来以后，他用沙粒、稻草、铁丝、黏土、灰，用画面、文字、照片、原材料和再生材料，用诸如腐蚀、磨损、断裂、拼贴、叠印、装置、遮蔽等繁复的手段来建造它。基弗以最可震骇的形式挑战人们的视觉，震颤的痛感使它变得含混，模糊，充满歧义；可是，当显影于人类生存的意义之上时，它是那么清晰。

庞大的废墟！整体的废墟！日日夜夜的废墟！当幸存者及其子孙承载幸福之舟沿忘川顺流而下时，基弗独留岸上。他背叛了时间的法则。

奥斯维辛集中营用来做医学实验的犹太儿童

第一章
天空和大地

基弗,冬景,1970

天 空

1

在云飘过之后,

在鸟类和飞机掠过之后,

在咆哮的暴风雪安静下来之后,

在太阳月亮和群星隐没了它们的光芒之后,

余下广大而空洞的部分,

我们叫作天空。

明朗的天空。

黑暗的天空。

天空始终笼盖着我们——

所以,无论希望或绝望

我们都抬眼看它。

基弗的天空是荒废的。荒废而恐怖。他把天空撕碎——那些蓝色、灰色、红色、黑色照片,纸屑,山毛榉叶子,被粘在厚厚的书册里封藏起来。天空苍茫无限,而有时,又无端地缩小成一片洼地,一口井,一个地窖。据说上帝也有这种怪念头,那么他在模仿上帝?他意想在有限的无限里置放些什么?

2

没有洁白的云,明亮的云,轻盈的云。

画家的眼睛想必为忧郁所注满。

在沉积的密云中,偶尔窥见有一朵游离出来,也如一块变质的冻乳酪,在微温中缓缓融化,浸润的土黄色仿佛布着气泡、杂质,甚至虫子。云柱一再从画家的手中升起,但也不曾从此飞扬,而是一样的颓败。突然,云端里露出一颗人头,血淋淋的人头!

——谁?

圣女玛丽亚?布伦希尔德?玛格丽特?还是大地上至亲的姐妹?仰着脸,闭着双眼,嘴唇微微开启,似乎仍然可以听到隐约的呻吟……

人头占据了整幅天空,血从颈间汩汩流出,染红大片乌云,以及冬日惨白的原野……

米开朗琪罗和中世纪画家把天空让给了主、神以及众多的使徒;卢梭邀请艺术家到沙龙里展出,也把中心位置留给了自由神;戈雅是大胆的,凭着离奇的幻觉,将神换作巨人;夏加尔把山羊、小提琴、房子赶到了天上,还有颠倒的恋人;马格利特为了构筑比利牛斯城堡,把巨石推举起来,长久地悬吊在空际……

没有哪一位画家在天上搁置被割的人头,如德国的基弗。

鲜血从天上落下,雨落下,顷刻凝成红珊瑚,和原野上的冻雪纠结到一起。但是,请相信,不久它将化为红色的雪水,渗透地底下,那黑暗的致密的深处。看那些野草、乔木,在冰天雪地里犹自青青,岂知不是经了血水的滋养?

——春天与冬天之间,是流血的日子。

3

仲夏夜。又是仲夏夜。

基弗铺出浓重的夜色把血迹、把所有的杀机与生机都给掩盖了。他喜欢蓝色,可是,又不能不接受黑色。也许在他看来,没有黑色也就没有蓝色。

——不要让记忆昏睡,醒着吧!

于是,他又用了白颜料画出许多星子,许多夜的眼……

在画作中,基弗题写了"哥尼斯堡之王"的话:"头顶的星空和内心的道德律"。可是,画家并非哲学家的模仿者,俯仰之间,却有一种诗意的悲怆。

当他看见流星、彗星、看见耿耿银河那稍纵即逝，或是亘古如斯的星辉时，是否有过感奋的片刻？可是落到画布上，胶片上，这些天体全都变做了一具具僵卧的虫蛹。生命那么黯淡。

然而，画家仍然不知疲倦地描摹星空。

他画星星从遥远的上空坠落。反复画，反复地坠落。画布上，你看见大片的幽光，阴翳，大片的尘土飞扬；其实，那是星星的碎屑和灰烬落下，落下便是我们的尘世。

因为向往高度，迷恋宏大与神秘，他不能不仰望星空，永远仰望。他画夜晚的著名秩序，就是一个人静静地躺在荒原上，正对了满天星斗。

你看，他用那么大的画布，去布置他的星图。其间，他描绘得那么精确，又用了几何图形标出观测的方位，仔细地记下一个又一个天体的名称。若把所有的星图拼合起来，你就拥有一座天文馆了！

一颗星子，恰如一个人，被安置在一个预设的固定的位置上。

你站在那里，与周围个体保持着合适的距离；你不能发光，只能反射那颗最大最亮的恒星的光辉，因此你没有自己的语言，只能使用星际通用的语言。你不可能成为行动主体，你无法自由移动，如果要脱离既定的轨道，就只好变做石头，消陨于无边的黑暗中。权力居于宇宙的中心，无论是恒星、行星，还是大大小小的卫星，都逃不出它的支配。回顾极权社会里的人们，不也是同样的命运吗？即使时空遥隔,仍然使画家感到无比的焦灼和沮丧。

在如此华赡的星图里,你看到毁灭的形迹是必然的。画家在星座上面放置了那么多战机,下端怎么可能没有废圮的墙垣,混乱的砖石?时钟座的钟面毁坏了,御夫座的车轮废弃了,猎户座遗下一片羽状叶子……红色块、棕色块、黑色块……简直在任意涂抹——

权力之手就是这样任意地涂抹!而且有血污!

天堂在哪里?

我们一起逃往天堂吧!

4

画家为我们准备了梯子。雅各布的梯子。然而是歪歪斜斜的梯子,崩坏的梯子,悬空的梯子。

它无所依傍。

雅各布在逃亡的途中做了一个梦,他梦见有一道梯子,从地面直抵天空。洁白的天使沿着梯子上下走动,传递着神谕:"我是你的神。我要把你周围的这片土地全部赐给你的子孙。你们必将繁衍成一个强大的民族,相信吧,不论你到哪里,我都与你同在……"

天使一个个都是猛禽而有人的面孔,怒张着焦黑的翅膀。六翼天使是六只焦黑的翅膀。可以想象,它们曾经穿过火海,羽毛仿佛还挂着火焰;还有一种可能,它们根本就不是天使,而是战神和火神。看画家排列的天使的秩序,看那天梯、墙壁、战机之上,看!悬挂着、拖曳着多少童装，裙服，空荡荡的衣衫！……

那些女人和孩子都到哪里去了？

画家在墙壁之上平放着一块铅制板，说这就是天堂！在廊柱之上张开一块皱巴巴的布幕，说这就是天堂！在暗青色的墙上挂了七只篮子，装上七块石头，说这就是天堂！又改挂了七只笼子，有的装上石头，有的只装空气，但也说是天堂！

——升上天堂！升上天堂！升上天堂！……

在大道两旁，立着两排大树，树梢连着阴郁的天空。路面上，积满断枝败叶，一条蛇蜷曲着，伸直的头部高高扬起，正对大道顶端凸出的梯形：木头做的梯级，拾级而上，是紧闭的门。

天堂在哪里？

没有门。我们没有梯子。没有门。

基弗,复活,1973

原 野

1

我曾经跟随艾略特走过大片荒原,而今来到另一片原野,引领者是一个叫基弗的德国人。

然而,一样是死去的土地,再也寻不到荷尔德林的家园:那教堂的金色尖顶,蓝天,白云,盈手的葡萄,芳香的花径,山谷,河流,帆船,快活的涟漪,壁炉,灶火,袅袅炊烟……在艾略特那里,尸体种在地下,记忆和欲望发出沉闷的根芽;到处是支离破碎的意象,枯树,腐草,烂帐篷,潮湿的河岸,老鼠,阁楼里的白骨,间中有人或鬼魂的对话。诗人说,四月是残酷的季节,而此刻是三月——

四月。五月。六月。

基弗暗示说:残酷是永在的。季节没有意义。

2

这是战争的土地。

战神消失了,而战火仍在焚烧。

淅沥的春雨洒落别处，多么清凉！可是这里没有雨，没有润湿的嘴唇，没有一枝柏树枝。到处是焦土。没有一片叶子，或者飘扬的头巾可以显示风的存在；所有的事物都是凝固的，没有生长的姿态。焦黑的土地。坼裂的土地。战神走远了，你依旧可以闻到那宽大的战袍的血腥味，吹拂在土地上的死亡气息。你听，有声音没有？只要有一点声音也是可慰藉的，然而听到了吗？

可怕的死寂！

看这里大片的原野：笔直的犁沟，弯曲的犁沟，没有种子的犁沟……你仿佛置身于马背之上，车轮之上，狂风之上，你飞了起来，你在旋转，你开始感到眩晕……这时，你会觉得大地就像是一块粗毛毡，被一只无形的大手所抓获，然后任意地抖动、挥舞、来回撕扯……

那么，是谁做了命运的主宰？

画家题作阿提拉，匈奴王，野蛮的权力者，以杀戮为耕作的人。

……勃兰登堡。马克桑德。

……"海狮"行动。"巴巴罗萨"行动。"哈根"行动。

……特拉特洛科广场。

画家在画作中刻意留下一列被玷污的名词，包括罪恶的词根。他把天空竖起来当作墙壁，浴缸当作大海；他把飞机模型、玩具舰只和坦克放置在各自恰当的位置上。仿佛是一出哑剧。当道具放置完毕，他把诅咒、嘲讽，连同他的脸藏匿起来，让我们去猜想：那些疯子,伟大的侏儒如何使用这些道具,做他们酷爱的血的游戏。

更多的时候,基弗不用道具。画中的荒诞剧极其简洁,舞台光裸,只余一道布景:荒原。

《金龟子》见不到金龟子。

这些小精灵,它们飞到哪里去了?

湿油画还在滴血。田园芜已平。凝血、灰烬、粘连的泥土,几乎填塞了整个画面,一望沉沉的黑。那些发亮的地方,不是虹霓,是兵器砍出的一道道沟壑。伤口之上的伤口,疼痛之上的疼痛。硝烟弥漫。看不清烟雾升起自喑哑的大地,抑或沟壑的深部,总之火在燃烧,远远近近,到处是红色的爪子……

高高的地平线上,隐约出现一支队伍,是圣战者呢,还是逃离家园的人?密密麻麻,密密麻麻,其实那是画家用小字记下的一支古老的谣曲:

> 金龟子,飞吧!
> 爸爸在打仗,
> 妈妈在帕莫雷尼亚,
> 那儿全烧焦了……

分不清是黄昏还是夜晚,天色那么昏暗。爸爸妈妈走远了,孩子和鸽子谁人照看?听不到呼唤的声音,听不到狗的叫声;没有灯光,没有催眠曲,也没有乡愁……

基弗,金龟子,1974

铁蹄达达自远古传来，急骤如雨。

倘若不敢翻阅史书，便不敢翻阅基弗：从条顿堡森林到布兰登堡石楠丛，从滑铁卢到埃莱克特拉，每一个作品，无不沾带铁锈色，无不是焦土和血。

即使在和平的午后，大地仍在巨人奔逃的脚步声中战栗……

3

也许画家为他自己所描绘的景象所惊骇，又或者，他已不能承受沉重的哀痛，所以，会用了白色颜料，用石膏粉，用虫胶，制造了冰雪把战争及其残留的一切给覆盖了——

无边无际的茫茫雪原……

世界原本就像是伊阿诺斯的面孔：一半是阳光，一半是黑夜；一半是火焰，一半是冰雪。

基弗当是多么渴望在战争的背面作画！你看！——

他在原野上画下那么多犁沟做什么呢？难道他不想像米勒和梵高那样画出播种者的姿态吗？——那自由的、健捷的、扬起臂膀一甩一甩的姿态，可是人类最美的姿态呵！但是，他们来不及把种子撒进犁沟里，就哭泣着走散了！而雪也就跟着落了下来！

他那么喜欢稻草、麦秸，那么怜惜稻草和麦秸的燃烧！他画下

帕纳尔,德国的大地,1933

收获的田野,那些一束一束、一排一排地卧倒在地上的麦子,就像横陈的尸体一样!他热爱生长,热爱生命飞扬的时辰,可是,在他的记忆中从来不曾有过这样欢乐的时辰,当一切生物向天空生长着的时候,雪就落下来了……

雪落下来落下来落下来……

——血统和土地!

希特勒说:"在自己的心目中,世界上再没有东西高于德国、德国人和德国土地,这样的人就是社会主义者。"这个谎言家、骗子、疯人,至死都说在捍卫他的德国土地!看看为他所激赏的画吧——耶克的《在落日晚霞的耕地》,帕纳尔的《德国的大地》,阿莫巴赫的《收割归来》,那天空,那原野,那人和马,是多么的宏伟、整齐、生气勃勃!可是,土地的主人是死神,不是伊希斯的儿女!

基弗不像他的跪着作画的前辈们那样，把画布当做国家社会主义的遮羞布，他的所有作品，都在指向同一个荒谬的事实：这些权力者，国家只是他们手中的玩偶，建造它只是为了毁坏它！

为了深爱着的大地，画家必须忠实于它的命运，正如他在《命运三女神》中敞露的伤口：焦土，凌乱的稻草，刺入地表的钢钎，血，以及化与未化的冰雪……

4

纽伦堡。

不是柏林，不是其他城市，而是纽伦堡，半个世纪以来一直是德国的心脏。一个党从这里崛起，令全国的脉搏加速，再加速，然后停顿！

基弗不止一次画过纽伦堡，那是我们所熟悉的带有典型的个人风格的废墟。他在一幅题名《领唱者》的抽象画中，写上纽伦堡的名字，看起来像是在阐释瓦格纳。他用了红、黄、棕几种颜色，涂抹出数个不成形体的形体，而且编了序号，这样，就成了"领唱者"。——它们是纳粹党的领袖们？花花绿绿的小丑？还是漂亮的谎言本身？还有一幅《领唱者》，令人想起《玛格丽特》，数茎麦秸的末端被点燃，烟焰异常猛烈，嘶嘶作响，整个背景全作黑色，仿佛世界顷刻间就要烧起来！画家同样编了序号，数茎麦秸算什么领唱者？难道高燃的火焰就是领唱者？

谁是领唱者?

5

四野茫茫。

据说雪是遗忘的隐喻,它把昨日许多应当保留下来的事物覆盖了,而代之以空白。但是,在基弗这里,从来不曾有过完美的雪景;总是暴露,总是铁、火、血,偶尔还有折断的栅栏,总是不忘把禁锢和屠杀的真相凸显出来。

雪地上,还放着几把空椅子。

空椅子。

编号或不编号的空椅子。

森　林

1

假如春天来临,森林和河谷醒来,所有的树木都将换上绿装,舒展臂膀,在风中作快乐的舞蹈。绿色是生命的颜色。没有绿色的树,拿什么来阐释春天?所以,梭罗所有的风景画都画了绿树,而且都那般丰盈,健硕而妩媚,有如浪漫的法兰西女郎。

基弗不同于梭罗。在他看来,自然生长的树不是树,真实的树植根于人世间,同人类一起经受历史,而非仅仅时间;经受战火,血雨,而非仅仅风雪。

他把自己留在严冬里,哪怕再沉郁,也不逃避。

是雪莱的歌声:
"冬天来到了,春天还会远吗?"

2

……森林绿得发黑,林木全僵直地站立着,默然不见动作,树

在这片使该死亡营得其名的白桦林里,面有恐惧但仍怀有希望的犹太人在被送进杀人中心之前,正在最后一站等待

党卫队行刑队带领被蒙上眼的波兰受害者一个接一个进入帕尔米瑞森林,在那里几千名华沙平民被杀害

梢竟无端地挂着一个人头：那人瞪大了眼睛朝前看，一副惊觉的样子，头顶着了火，冒着烟焰……

还有关于著名的赫尔曼之战的油画，森林也作墨绿色。因为在雪天，故而垂挂不少白色的线条，微光闪烁。林地当然是白色，但有一堆堆的凝血，战争过去了两千年，依然融化未尽，绯红欲滴……

在基弗的色谱中，绿色似乎没有特别的象征意味；要说意味，它仅取决于画面的构成关系，因为涉及战争与政治，所以不免神秘而恐怖。

3

《林中人》(1971)画的是另一座森林。肉红色的森林。一个身穿白袍的人高擎着燃烧的枞树枝，赤足站在森林的包围中。

肉红色的森林。肉红色。树体颀长，挺拔、光洁，一棵挨着一棵，宛若当年的犹太妇女，被脱光了衣服，一个挨着一个，从党卫军鹰隼般的眼睛和黑洞洞的枪口面前经过，走向毒气室、淋浴室、焚尸炉或是焚尸坑。美丽的胴体，战栗的胴体。所有的犹太人定居点、集中营和灭绝营，都曾出现过一座座这样的森林……

谁为垂死者引路？谁有能力照亮历史的黑暗？他是谁？为什么他的面目和那个森林中的人头如此相似？是画家本人？先知？抑或是日耳曼的收尸人？

基弗,林中人,1971

4

火的树。血的树。红色的树。

可以想象,基弗十分迷恋蒙德里安。荷兰人画了红的树,他也画了红的树。很红很红。或许他所迷恋的并非红的树,而是树的红。红的树是构型,树的红是象征。

红树并非枯树。枯树虽然以褐色否弃了过程,原点总是绿色。基弗画的白桦便是绿的树,或者孤独地生长,或者聚合成群,在马其许荒原,在奥斯维辛的铁路旁,在通往维斯瓦河的路上,成为犹太人的秘密墓地。著名的"老妇人谷地",就坐落在白桦林内。树绿着,只为覆盖死亡,点缀死亡而已。

而红树,它是在绿树倒下的地方开始生长的。所谓生长,不是变化,而是守恒。红树曾经死亡,它的生长是死亡的生长,所以始终是一色的红。

红树是抽象的树。抽象即普遍。它在西方生长,也在东方生长;它在荒原生长,也在广场生长;它在屋外生长,也在室内生长。

图腾柱是红树,石华表是红树,方尖碑也是红树。

当我们看到一代人化为焦土、沙子和灰烬,而把希望投向未来时,基弗为我们献上《未出生的》:

数株干枯到发白的小树,枝杈上挂着一件件灰蓝色的童服,有的边缘已经染上大块的锈斑。其中一幅的背景是荒野,另一幅的背景是星空,然而一样的茫茫无尽……

基弗,未出生的,2001

小树的根部暴露着,那上面沾着细嫩的根须……

凡有死亡的地方都有森林,
凡有森林的地方都叫死亡,
因为基弗一直生活在大屠杀的记忆里,所以,纵使他走向荒郊、教堂、星空或洞穴,最终仍然要回到森林里来……

洪水，河流和海洋

1

世界多么逼仄！

把所有的河水聚集起来，不过是一个小水塘，两岸残留的耕地像弯刀一样狭长……

——这就是基弗为我们描绘的两河流域。

他还曾把两河流域的土地倒立起来，做成一座图书馆式的雕塑：并立的两具大书架，高达十三码，每层书架疏疏密密地摆放着巨大的线装书。书中有大量的空白页，仍然在等待书写；另一些书页则满满地记录着画家对他的时代的印象、判断与沉思。雕塑分作两部分：幼发拉底与底格里斯，让人想及美索不达米亚王朝久远的历史，它的盛世，以及无可挽回的衰败。而今，可供凭吊的遗迹，仅余接连两伊大片土地上的累累墓冢而已。

两具沉重的书架：一部神秘之书。

作品又名《女祭司》。

基弗,升腾,1984—1986

这是一个王朝。一场献祭。时间禁锢在这里,空间凝固在这里。悠长,盛大,灿烂,喧阗,都变做了寥寥的几十部书册。

散乱。空白。沉默。

如果不是女祭司,谁人可以用眼睛穿过暗夜,窥见浩劫的玄机?

2

照片。木刻。电阻。隐藏的火。铅。

画家用所有这些装置莱茵河。阴暗的铅是最终的。

我们看不见莱茵河

静静地淌流着的容貌,看不见

女儿们围坐在她的身边,环绕她做欢快的游戏——

她们喜爱导弹,像喜爱巧克力糖一样,

一个个追逐着死神走远……

3

基弗说过,他是爱海的。

喜欢洞穴的人,居然喜欢大海。

可是,大海的健康的胸肌,雄壮的呼吸,它在月光下细鳞般的闪光,当鸥鸟和白帆掠过时的风韵,飓风中的急奔和微飓中的碎步……这些都不曾出现在他的画布上,仿佛他从来没有看见过。他画的涌浪,涂上古铜般的颜色,让你想及远古泛滥的洪水,一个个波浪在接近波峰的瞬刻,突然应了一道魔咒而静止了,犹如恐龙巨大的骨架被搁在那里……

基弗的海,险恶又荒凉。

你看!他让密集的战船驶往大海,一直驶到天上。船体呈梭形,平行排列,远远看去,恰如炮弹齐发,长长的炮管不见烈焰吐出,唯有硝烟缭绕,当然你闻不到火药的气味。然而,你很快会发现船身已经生锈,更可怖的是,大海早已干枯,那些波浪,不过是些凝定的姿态而已。

可是,基弗说他是爱海的。

他用浴缸演示过纳粹阴谋穿越英国海峡的计划,后来又给浴缸盛满红色液体,说:这就是红海!——

你记得《圣经》中犹太人跟随摩西逃难时的故事吧?在高举的手杖之下,埃及人的骑士和马匹全部葬身海底——而今,纳粹是挟着冲锋枪、马刀和风暴,杀进摩西的队伍中来了……

大海险恶又荒凉。

那么,基弗为什么爱呢?

海上的波希米亚:鲜花如云的世界……

基弗,波希米亚在海上,1995

波希米亚，东欧的一块动荡的岛地，长期被掠夺、被抛弃、被吞并，最著名的是"布拉格之春"，奴役中的奴役。基弗给它画像，花之外，便是神秘的黑屋子，铁丝网，透迤的木栅栏，那许多奴役岁月的遗迹。鲜花无法淹没它们，自然，它们也关不住哗变的春天……

1989。革命的钟声到处回响……

这里是"天鹅绒革命"。没有坦克，没有霰弹，没有青年的血和尸体。只有鲜花、鲜花、鲜花……

波希米亚在海上。海上依样险恶。

动荡的波希米亚，动荡的，那是一个岛屿，一个小小的乌托邦。

道　路

1

远行的人呵!

所有的道路都向你开放,所有的道路都通向你——你将由哪一条引领,去寻找梦中的家园?

2

青年基弗曾经迷恋过田间小路,始终都在迷恋。那里的石头、沙粒、稻草,作为内心的密使,后来不是照样为他组合另类的风景了吗?如果不是这些质朴的事物,他如何可能维持丰厚的大地情感?然而,他注定做不成田园诗人,因为他,无可挽回地翻阅了德国历史,一部屠戮史,而深知作为一个德国人的罪恶;虽然事实上,他是在罪恶结束之后来到人间的。

从此,他目标清楚:必须率先将自己逐出伊甸园之门!

基弗,铁路,1986

3

人民的道路是荒芜的。

密林中的道路，荆棘之途，通向沙地和雪原的无路之路，用梯子搭筑的空中之路；族群之路，孤独之路；遗忘之路，记忆之路；西格弗里德走向布伦希尔德的艰辛之路……

在碎裂的时间里，道路与道路虬结在一起。

这时，铁路成了标志性的道路，道路中的道路。

有哪位先知告诉我们：在大工业时代，铁路，将以现代的方式，迅疾的速度，被改造成为权力与死亡的传送带？

基弗画下铁路，把火车给擦掉——

当然这是一条荒废的铁路。铁轨空空荡荡。可是，在两支长臂般张开而又交叉的铁轨中间，我们仍然可以听到火车驰过时那"咣当"、"咣当"的响声……

"我们看到铁轨，就会想到奥斯维辛。"基弗说。

可是，一批批乘客，是否会想到此去的极地就是灭绝营？或许，他们惯于听任命运的摆布，以为只是营地的转移罢了，所以还能保持幸存者的安静；或许他们早已料到，黑烟囱正在等候他们，所以最后的时刻互相紧挨在一起，哭泣，祈祷……然而，所有低哑的杂音，都卷没在那巨大的"咣当"、"咣当"的响声里了……

而今火车远去，唯余两条空空的铁轨……

画家把一双铁铸的登山鞋粘在铁轨上,旁侧缀饰着橄榄枝,这是什么意思呢?还有,在左侧的铁轨上,挂了一块铅制的岩石,就是对人类的自由意志的省视吗?人类敢于阻绝机械般的惯性运行,改而攀登向上吗?天空中,悬着的一块不规则的金箔,为什么闪闪发光?这就是天堂,是天上的耶路撒冷?

铅,铁,金。

为了寻到黄金,这位炼丹术士,不断地探索着民族多种元素构成的奥秘,而甘于忍受烈火长久的烧灼;正如不幸的西西弗斯,那块滚下山坡的巨岩,总是一次又一次地回到他的手上……

4

《旧约》载:神决心毁灭罪恶的索多玛城,派天使通知罗得:立即带同家人逃出城外,以免葬身无地,但是千万记住:不要回头!

罗得一家连夜逃了出来。

清晨,血红的太阳升起,地面开始移动,燃烧着的硫黄如雨点般倾泻到索多玛和蛾摩拉城上……这时,罗得和他的女儿们飞快地奔向丘陵,唯独他的妻子停下了脚步。家呢?家呢?她要回头看一眼——

就在这焚城的瞬刻,盐像冰雹一样袭来,将她的全身层层裹住,变成一根盐柱!

——不要回头!

基弗用天空、原野和废置的铁路,重构了这个可怖的故事:世界空无一人;但见白盐盖过大半个天空,一直垂落地面,像是即将凝结,又像是即将融化……

人类回顾自身的灾难竟渎犯了禁律。

我们遵从的,到底是人的意志,还是神的意志?

在阿斯伯格车站,吉普赛被驱逐者将身子探出车窗。他们并不知道此行是通往灭绝之路,也不知道他们将去往何方。之后,当他们面对行刑队、毒气室时,他们手无寸铁地与党卫队刽子手们展开了搏斗

第二章
博物志

基弗,无题,1972

鹰

1

不是所有的翅膀都是柔弱的,

也有翅膀既硬且冷如同钢铁一般的;

不是所有的翅膀都是用来传递风声的,

也有翅膀制造风暴的;

不是所有的翅膀都在自由飞翔着的,

也有翅膀凌驾于一切之上的——

譬如鹰。

2

鹰是帝王之禽,权力的象征。

权力无处不在。权力是迷宫,是监狱,一个刚性系统。譬如鹰,它有一双深具战略意义的眼睛,配置滑翔的双翼,可以在云层深处发现猎物;它有一只铁钩一般的喙,发起攻势的时候,可以像箭镞一样直击目标,在一双同样如铁钩般的利爪的协同下,轻易地便可以撕裂组织最严密的生命。

权力由争夺而来，也可以为情势所造就。即使是一只鼹鼠，一旦被赋予权力，也会于顷刻间变做鹰。

在罗马人那里，鹰是朱庇特的"风暴鸟"，能带来雷电、力量和荣耀。罗马帝国的军队跟随鹰徽前进，执政官也携带着三头鹰权杖。作为罗马的继承者，拜占庭帝国以黑色双头鹰为标志。查理曼大帝穿着绣有雄鹰的斗篷，拿破仑一世和三世都习惯以鹰做装饰……在欧洲历史上，凡强暴而傲慢的君主，没有不选中鹰，作为政治权力的代表性形象。

现代极权政府同样不会放弃鹰，包括鹰式的思维和语言。

希特勒在党代会上宣布："党是指挥国家的。"又声称："纳粹革命的最大保证在于党对国家及其一切机构和组织有了绝对控制。"在权力的绝对化之上，"领袖原则"的孵化是必然的。

纳粹党各级官员身穿统一褐色制服，帽子和领章均饰以鹰的标志，民众称为"金雉"，又称"死亡鸟"。

希特勒的御用画家容汉斯（1876—1958）专画动物，其中画得最多的便是鹰。深获希特勒宠爱的建筑师施佩尔，喜欢用巨型石制雄鹰装饰他设计的建筑物；德国体育场尚未落成，左右两端的高塔早就有一只帝国之鹰兀然立在那里了。

鹰，纳粹的图腾，一种英雄主义的图腾。

基弗,伊卡洛斯:三月的沙地,1981

3

在关于天使的系列油画中,基弗给它们全装上鹰的翅膀。

只有护卫画家的天使,以及艺术家,无权者,失败者……他给装了另一种翅膀:美丽的、单弱的、不堪一击的翅膀。

伊卡洛斯和韦兰不见形体,只有一只翅膀,沉重地摔落到布满火焰和稻草屑的原野之上。锻造翅膀的工匠死于翅膀的冥想。这是一次厄运的飞行。画家除了献上内心的哀歌,他一无所能,根本无从改变飞行的方向。

对权力者来说,无权者不是牺牲,便是共谋;或许,反抗是仅余的道路,第三条道路。

蛇

1

有一种欲望叫邪恶,《圣经》把它叫作蛇。

蛇诱惑说:"果实是属于你们的,吃吧!它会让你们长出智慧来……"

亚当和夏娃吃了禁果,结果被逐出伊甸园。

人民远离幸福之门,被迫接受无穷的劫难,都因为听从了希特勒,和他的党的蛊惑。

蛇一样的蛊惑。

2

蟒蛇钻进策兰的诗册,滑向《死亡赋格曲》;而这诗,是基弗所熟悉的。

更甜蜜地和死亡玩吧
死亡是从德国来的大师

一个德国男人玩着蟒蛇，打响唿哨，唤出他的犹太人为他们自掘坟墓，让其中的另一些人喝黑色牛奶，在他的指挥下跳舞……作为他的玩伴，正如腰带上的枪和屋里的狼狗一样，蟒蛇以它的阴暗、狠毒、柔顺而多变，使他在想象中一次次走向疯狂……

更甜蜜地和死亡玩吧
死亡是从德国来的大师

诗册之外，另一个德国人玩着另一条蟒蛇。

这个伟大的德国人，手里握着指挥棒，上面镌着"党"、"民族"、"国家"三个词，闪闪发光。蟒蛇就缠绕在这金属棒上，随着他嘴里发出的咒语来回舞动。它潜伏在社会意识之中，人们无从察觉，只有他看见并把它从一种消极的时代情绪中诱召出来，赋予积极的、攻击性的形象。伟大领袖是伟大的发现者和诱惑者，他从容地玩着蛇，做着引蛇出洞的游戏。他是蛇中之王——

更甜蜜地和死亡玩吧
死亡是从德国来的大师

3

木头阁楼里，有三堆火焰在熊熊燃烧；旁边是一条盘曲着的蛇，

基弗,四位一体,1973

火焰一样醒着,蹿动着,前倾的头部正对着门廊的方向。

画家为什么把蛇和火焰称作"四位一体"呢?莫非在他看来,蛇也是神圣的火焰?

在《复活》(1973)里,蛇横卧在大道的中央,汉语正所谓"当道",在道路的尽头,通常的祭坛上部另加的凸起部分,有一级又一级的阶梯,上通一扇紧闭的大门。或许,这就是天堂之门。

蛇的头部,同样地,恰好与门遥遥相对。

原来蛇也不安于自身封闭的恐怖,才去寻找一个开放的出口吗?

蛇和火焰在一起；

蛇和石头在一起；

蛇和道路在一起；

蛇和闭合未定的门在一起；

蛇和焦土在一起；

蛇和调色板在一起；

蛇和天使在一起；

蛇和雅各式的梯子在一起……

4

在基弗的画中，蛇永远是单数。一的多。蛇是一个复合的形象，它潜行于不同的领域：历史，宗教，艺术，神话和诗。在蛇的身上，有着事物的多重性和自反性。

蛇是生命实体，作为象征的形象，又是世间万物的媒介。它连结着时间与空间，自然与文化，肉体与精神，意味着一种过渡，一种转化，一种变易。蛇会咬住自己的尾巴，蛇会蜕皮，一遍遍扬弃，这里包含着一种自否的可能性，可以救赎，可以升华。

物极必反。在轮回和重生的意义上，蛇的生命内涵，正与古老的炼金术相通。

在这里，蛇是辩证主义哲学家。

石　头

1

　　石头结构稳定，致密，坚硬，可以因几何学方式叠加而成为有序的、扩张的；却也脆弱，容易断裂或粉碎，倘若风化，即可自行崩溃。外部的反复磨砺，肯定可以改变它的形态，或者锋利无比，或者规整圆滑。它是有力量的，可镇压，可承受，也可抗击。光，裸然而隐藏，火种就寓于黑暗的深部……

　　在多个民族的传说中，石头是神。

　　其实，无论压迫者或者被压迫者，石头都可以成为他们的命运之神。

　　石头是人类建构宏大的想象世界的一种基本物质，当世界倾圮时，便随即恢复为彼此孤离的一群，仿佛乌合之众。

2

　　石头是废墟的呈现者和见证者。

在一组摄影中，基弗给我们看的唯是两样东西：狼藉的石头和悬吊着的袍服。人呢？眼睛，微笑，柔弱的身子到哪里去了？被埋在大堆的石头和砖块中去了吗？还是许久许久以前，她们就已经离开了这幢坍塌的房子？……

为什么是女人？男人去了哪里？是无情的战争夺走了他们，还是被拘于集中营？抑或先于她们在灭绝营里消失？……

总之，易碎的是女人。

《碎石——女人》（1990）。

古罗马的世界是石头的世界。他们用石块铺路，建造宫殿、庙宇、城堡、剧院、斗兽场，还有带围墙的兵营……整座权力大厦由石头奠基，制造阶梯、廊柱，直到镶嵌辉煌的巅顶。石头成为永久性统治的象征。

罗马的风鼓荡了两千年。希特勒沉醉其中。

传说这个现代尼禄命令所有的建筑，包括楼房、桥梁等都用石头构建，目的是使它们能够成为历史上永恒的遗址。最高指示毋庸置疑地深入到纳粹建筑师的骨髓之中。1935年，在纽伦堡的大会堂和看台的奠基仪式上，随着希特勒放下第一块基石，施佩尔便说："即使国家社会主义的声音有一天沉寂下来，这些砖石建筑'证人'仍将引起一片惊奇！"

有一天，声音果然沉寂下来。

可是，"证人"并未引起惊奇，却见一片惊恐。德国人害怕在正义法庭上，石头会说出所有的秘密，因而立即动手捣毁它们。

基弗,碎石——女人,1990

他们乐于享受胜利的光荣,却怯于承担失败的耻辱。

——毕竟,第三帝国不是罗马帝国。

3

希腊神话中的西西弗斯,终年唯一的劳作,就是搬石头。日复一日地搬,周而复始地搬,沉重从未削减,所以叫天罚。

古时候,没有现代交通工具,全凭躯体的负载,要把千万块巨石搬到一起,当是多么艰辛,何况所有的劳作都是在沙漠中进行!然而,金字塔还是矗立起来了!

伟大的古埃及人!还有玛雅人!浩瀚的沙漠没有巨石,也没有运送巨石的道路,可是,凭着千百万西西弗斯的肉体的消磨,终于出现旷古的奇迹!

基弗对金字塔充满敬畏。

在画布上,他多次描画这样一个古老的、仪式般的建筑。他增加画幅的宽度,以钝角三角形突出广大的基座,从构图到色调,流露出一种宗教式的膜拜的热情。画家变做了石头和沙粒,他把自己带到建造巨物的过程中,直至终点。正如他所说:"我就是那金字塔,完全地,从石头到石头,我不想成为金字塔之外的任何事物。"他画了一个成年男子躺在金字塔下,那不是法老,而是诗人自己。他凝视头顶的星云,谛听远方的风,时间,声音……

基弗,金字塔下的人,1996

我们常常因政治牺牲美学,或因美学而遮蔽政治。历史渐行渐远,而今,回望金字塔时,有谁还会顾及法老的意志或是奴隶的劳作?剩下的,唯是知识和美学而已。

所谓"迷人的法西斯主义",是政治与美学的一种微妙的合成。基弗所以不满于战后对法西斯建筑的摧毁,除了意图保留耻辱性的集体记忆,不无美学的动机。他一直着迷于宏大的风格,尤其建筑。困难的是,在实际的审美过程中能否把"法西斯主义"与"迷人的"分开,并不因美的诱惑而失去理性判断。对于纳粹,他从来是谴责的,只是在美学中,在审美对象所历经的时空交替的悲剧变化中,他保持了独立的身份,在宏大中深味生命和死亡的深度。

一个悲剧诗人。在金字塔面前,他极力谛听的,唯是风,时间,沉寂的声音……

那声音,犹如河面的蓬蓬的鼓声,自没有信仰的易感的过往中一遍遍醒来……

4

策兰:"石头想要开花。"

在基弗的绘画和装置作品中,出现过许许多多石头,然而都没有开花的样子。无论是堆垒在一起,还是孤独地存在,它们都在守护着同一的秩序:绝望。

植 物

1

植物是弱质的,也是弱势的,尤其是花。

《玛利亚穿越荆棘丛》(1988—1991)。在基弗的画作中,不见玛利亚,也不见荆棘丛,但见漫漶的背景——分不清天空和大地——之上,遗下一根柏树枝,另有一枚含苞的花朵。

陌生的花朵。孤独的花朵。行将凋谢的花朵。

在基弗那里,花的命运是黯淡的。

即使明丽如《波希米亚在海上》,百花丛中也布着栅栏和铁网的暗影,被蹂躏的痕迹随处可见。在《折断的花草》中,画家以一致的手势、方向和力度,在事先完成的花草之上,炭笔速写般地疾速涂抹;率性、暴力,恰如挥动刀剪,转瞬间,惊现一地残骸。

显然,基弗在以艺术家的自由意志去体验政治家的权力意志。

《占领》同样如此。

基弗,玛利亚穿越荆棘丛,1988—1991

2

拿破仑！这个恺撒式人物，如果不是遭遇滑铁卢，整个欧洲必定如法国一样，成为他胯下的一匹顺从的牝马——

那么，基弗为什么把那么多的鲜花献给滑铁卢？

是庆幸滑铁卢阻遏了一个人的野心，还是纪念圣赫勒拿岛上的王者，又抑或根本与个人无关，仅仅为了那些被大旗蒙住眼睛的士兵，疆场上的战死者？他们是侵略者，杀人犯，狼；然而又是盲目的牺牲者，可怜的人，千千万万妇女梦中的亡灵……

在最高的人道的意义上，倘若画家起了深深的哀悯，应当如何评说？又，倘若滑铁卢只是一个隐喻，一个与德国人有关的隐喻呢？

3

人们以花喻艺术，在于艺术具有一种人文色彩；它的形式美，赋予它以永久的魅力。

希特勒声称现代派艺术家制造"有毒的花朵"，其实苏联早有类似的说法；至于中国，也曾流行过"毒草"一词。从文字、图像到音乐，只要被称为"有毒的"，就将随即遭到清除。

二十世纪三十年代，魏玛的"包豪斯"施莱默的壁画被捣毁；不久，德国表现主义画家的七十幅作品从博物馆里被删，还有大批建筑师也遭到攻击。在此前后，苏联大批优秀的诗人、画家和音乐家遭到杀害、流放，以致被迫沉默。五十年代"解冻"以后，他们的作品仍然被戴上"资产阶级自由化"的荆冠而屡屡遭禁。

中国从五十年代"肃反"开始，至六十年代"文化大革命"，带有"反革命"、"右派"、"牛鬼蛇神"等谥号的作家艺术家的作品，也一律禁止在社会传播；至七十年代末，乃有轰动一时的"重放的鲜花"……

艾略特沉吟道：

去年你种在花园里的尸体
抽芽了吗？今天它会开花吗？

1972年，基弗画了一幅无题画，躺在地上的男子身上，真的长出了一株灵异的植物。就在盛开的黄花之上，托着一个人的头像。他是不是那个重生的人？若是，像不像原来的死者？

基弗以《百花齐放》为题，先后作过多幅油画。其实，他并非针对某个政策性口号，而是借作一种隐喻，表明他对中国"文化大革命"，以及与此相关的历史的态度。

画面的构图变化不定，不变的唯是极简单的一组形象：花儿与领袖。

按原文，画题汉译当作"让百花齐放"，突出自由主体。所以，画中的领袖一律采用"文革"时的流行造型。至于百花，皆黯然失色，或零落成泥；其中，还有《玫瑰风暴》用的那种干玫瑰，萎缩成粒状。

基弗在接受赖特的访谈时，不讳言他的绘画的政治性。他谈到《百花齐放》产生的背景，把中国的"文化大革命"同西方的反体制运动联系起来，说："大约四年前，我开始制作关于毛泽东的几件作品。他一直令我很感兴趣，因为六十年代我有那么多学友加入共产党……我当时发现他创造了一个良好的开端，棒极了，然而接着就[……]成了一场残酷的灾难。"

他承认，《百花齐放》有着恐怖的美，艺术上是一个悖论。

4

基弗作品用了大量干花。其中，最多的是向日葵。

不同于梵高的旋风般的激情，他是内敛的。他的激情有如冰河，层冰之下，波涛汹涌，且有着神秘的去处。在他的眼里，植物是有灵魂的。花朵是精神的密使。

他把花献给无敌的太阳——
太阳神，它在孤独中燃烧，在辽阔的黑暗和静寂中灿亮……

他把花献给曼德尔施塔姆——
孱弱的诗人不幸为凶暴的时代所劫持。他逃跑，藏匿，从街角到街角，从监狱到监狱，结核菌其实不是最阴险的，契卡才是致命的。梦呓，呻吟，呼喊——天才的诗篇——有谁可以听到？周围的嚣声完全把它淹没了!

他把花献给本雅明——

单向街上的预言家这样写到"历史的天使":"他背向未来,面对过去。他看到一切灾难,残骸碎片就抛在他面前。天使想停下来,唤醒已经死去的人,把砸碎的世界重新拼贴在一起。但狂风从伊甸园吹来,把他的翅膀吹开,使他再也无法把翅膀合拢。狂风把他刮向未来,他面前的废墟,一层层的愈堆愈高。这狂风,我们称之为进步。"基弗有一件雕塑装置作品,就叫《罂粟与记忆:历史的天使》。装置的主题是一架铅做的飞机,机尾的两个喷气筒装满干枯的罂粟,这些曾经有过惊人之美的有毒花朵,就夹杂在机翼和机尾的叠放的书籍中……

狂风在哪里?

他把花献给他自己——

孤寂的岁月。二十年、三十年……一个人默默地劳作,默默地抵抗全社会的浩大的遗忘工程。猜疑、诽谤、恶毒的攻击曾经像暴风雪一样袭来,他就像一株向日葵一般垂首站在原地。他站着。他比冬天严酷,他必须比冬天严酷。

他把花献给他的时代——

你的、我的、世界的年龄。我们承受了一场浩劫,容忍杀人犯以"国家"和"人民"的名义实行大屠杀,公然剥夺所有人的良知、权利

基弗，罂粟与记忆，1989

和尊严。时代的遗产如此沉重。只要活着，每一天都是我们的受难日。

他把花献给花——

除了共同拥有的空间，植物有它们的秘密生活。让花返回花，让我们找到我们！

5

看哪！

看那蕨，长长的茎，羽状的叶子，多么挺拔而秀美！它飞翔了千万年，掠过茫茫海水、星空、大地，一直来到你眼前，你看见它身上的岁月的刻痕了吗？它还长着那么多细嫩的茸毛，一点也没有褪去；

它的叶子,大约因为疲倦而有些微的反卷,却还是那么舒展,好像随时准备着飞翔……

基弗是喜欢蕨的。一支蕨,他以不同的方式,做了几个不同的作品,但都取了同一个不相干然而美丽的名字:《仲夏夜》。其中的一幅,他还画了一只不知名的鸟雀,从靠近边框的虚空中翩然飞近。它把蕨当成梦中的情侣了,或许,迷离间错认了自家的姐妹……

英国有一个叫罗伯特·弗雷德的人,致力于建立植物与星宿之间的关系。他认为,地上有一种植物,天上就有一颗对应的星,植物必然地为星子所吸引,它在暗中被照亮。

这样的虚构使基弗着迷。

所以蕨,让他窥见另一种风景:在实体的背后,原始之美依样闪耀。一切皆流:时间之流、生命之流……没有任何事物能够占据永恒不变的位置,也没有任何事物是绝对孤立的,可以被彻底灭绝。这就是基弗为何如此痛心于废墟的形成,且又如此极力发掘关于生命的记忆的缘故罢?

仲夏之夜。

那么多星星在汲水,在开花,结出一串串子实,你是不是还可以听到荚果因成熟而炸裂的微响?身边的植物作呼应般的摇曳,耳语,怒放,灿烂有如星芒……在看得见和看不见的地方,都一样活跃着生命——

呵,仲夏夜! 仲夏夜!

基弗,仲夏夜,1980

火与剑

1

父亲允诺给我一把剑。

这把剑,带着鲜血,神秘地进入屋子的中心。空气中,似乎有无数双眼睛在凝视,幽深而恐怖。这是谁的屋子?谁的血?主人呢?这里发生了什么事情?

空荡荡的屋子。

没有人,连影子也没有……

战神沃坦允诺给儿子西格蒙德一把剑,剑名就叫诺桑。西格蒙德死后,沃坦用长矛摧毁了它,西格蒙德的儿子西格弗里德将闪烁的碎片集到一起,重新铸造成器。

父与子——

剑是英雄的依据。剑是不能丧失的。

父亲允诺给我一把剑。

这把剑插在黑色岩上。这是悬岩,下面是大海,远天一轮怪异

基弗,诺桑,1973

的太阳,连同红色阴影,在海水中幻出一片血光……

德国神话不同于希腊神话,没有月光、少女、花朵、摇曳的橄榄枝,只有沃坦的血腥的故事。

沃坦是一位暴虐的战神,在神话中,留下太多征服的神迹。然而,德国人崇拜他,称颂他,贪婪与残酷深入到血脉之中,世代寻求绝对的权力而无止境,民族悲剧也就因此反复上演。

2

希特勒《我的奋斗》:"新帝国必须再一次沿着古代条顿武士的道路向前行军,用德国的剑为德国的犁取得土地……"

这个疯子,迫不及待地夺过沃坦之剑,高悬于德国人民的头顶。

御用雕塑家布雷克尔受命为总理府大厅创作了两件青铜作品:《党》和《德国国防军》。两件作品,是两个裸体男子:一个手持火炬,一个手执利剑,都一样的壮硕而威猛。其中的一件后来改名为《持火炬者》,不知出于何种原因,是不是害怕有损于党的光辉形象?

正是这个党,用火与剑,把一代人乃至几代人推上民族的祭坛。

……火烧国会大厦。这是谎言之火,德国人的眼睛被铺天盖地的红色刺痛了。"水晶之夜"。撕碎的书页被抛进烈火中,蜷缩、焚烧,迅速地变成灰烬,犹如大群大群的鸽子吱吱地叫唤、呻吟,飞扬又坠落。几百所教堂几乎同时起火，犹太人开设的店铺遭到捣毁，玻璃碎片像雨点一般洒落在大街上；而聚居区，在居民像马铃薯一样被倾倒出来以后，随即为巨大的火舌所吞噬……

焚尸炉之火……

整个欧洲土地上肆意蔓延之火、火、火……

在基弗的作品中，剑更多时候作无形的存在。看那血，那道路，那空白的犁沟，都有剑斫的痕迹。而火的燃烧，不只在条顿堡森林，马克桑德，勃兰登堡沙地，即便不见烟焰的地方，沙漠，广场，龟裂的土地，焦枯的树和花束，都可以看出，一切无不经受它的烧烤。

3

随着剑的挥舞，火一直燃烧下来……

瓦鲁斯、赫曼、瑟奈尔……这些名字写在条顿堡森林的路上，同血迹纠结成网。这座神秘的森林，后来又移至一批德国著名的人物中间，其中有哲学家、宗教家、诗人、音乐家，也有以杀戮为业的军队头领、军火商、刽子手，他们的面孔被巨型树根穿过，抓住，紧紧地缠绕到一起。画面的中心燃着火焰，它有可能将整座森林焚毁，而周遭的人物，仍然能够在时间之外存留吗？连同左下方那些阵亡的普通将士？

死人永远活着，这就是历史。

基弗,世间智者的道路 — 托伊托堡森林之战,1977

基弗,德国的精神英雄,1973

4

在基弗的另一幅画作中，火成了德意志精神的象征。

画面是熟悉的木制房间，巨大，空阔，然而幽闭。正前方的门和右侧的玻璃窗统统被关死，而通明的火焰，如红衣仪仗队，在两壁间等距离地站着，整齐而热烈地舞动。在顶端横梁上，写着："德国的精神英雄"；下面地板上，则依次写上众多的名字：瓦格纳、波伊斯、卡斯帕、大卫、弗雷德里希……

他们就是那火。他们的精神就是那火。屋内的世界为他们所照亮，他们是唯一的光。

他们在孤绝的境地中燃烧。因反抗黑暗而彼此照耀，所以，他们是精神英雄。令人困惑的是，为什么木房子不可以敞开呢？倘若阳光哗哗进来，风哗哗进来，火光还会是如此的炽烈吗？那时，屋子里的光明，又将是怎样的一种光明？……

又是木房子。

画家通过双联画的方式，把它建筑在一座森林之上。所有的林木都作人体般的赤裸，呈肉红色，十分怪异。木房子放着三把空椅子，椅面上燃起火焰。三团火焰正对着三道紧闭的门窗，门窗外，白雪皑皑……

显然，三把坐椅及火焰，喻示着基督教的三位一体：圣父、圣子、圣灵。而森林，则象征着德国的历史土壤，民族宗教与文化传统，总之是德国人的自生精神。火是火，森林是森林。在它们之间，

基弗,父子圣灵,1973

可能存在着一种木质的关联，但是，也有可能本来就是对立物。

火，难道不可以改变这一切吗？

5

炼金术的火是封闭的火，也是分解之火，火中包含着生与死的原则，存在与虚无的原则，升华与堕落的原则；火通过自身在行动，把深邃的精神、爱、欲望与遐想转化为物质，再从物质到物质，不断朝向新生。

火是目的，也是过程。

第三章
建筑学

基弗,内部,1983—1984

法西斯建筑

1

必须记住人类的恶行，纳粹的恶行也是人类的恶行。假如失去了这恶的记录，我们将因失去一面镜子而无法看清自身的影像，并可能为此重陷于犯罪情境。所以，基弗着意保存纳粹建筑的图像，一如在《占领》系列中保存纳粹式军礼的姿势。

但因此，他也就成了"法西斯主义者"。

2

建筑给人以强烈的空间感。它的有限性、稳固性、可控性，实在可以作为国家的象征。基弗的建筑是全封闭的，正如边沁的"全景式圆形监狱"一般，当然只有专制帝国、极权主义社会可以比拟。但是，那些矗立在党和政府机关所在地的法西斯建筑，却一致地取纪念碑式风格，高出于监狱之上，宏大，森严，令人敬畏。

由于这些实地建筑是权力和罪恶的标志，战后被摧毁是必然的事。与其说，德国人借此表示同领袖及其党徒的决裂，毋宁说害怕时代的遗物对个人责任的追询。事实上，在浩劫之后，不少法西斯头目仍然留在权力机构内部，自然更倾向于消灭这些建筑实体，消灭罪证，消灭可恶的记忆。

基弗着意保留法西斯建筑，显然，他不惮于背上同情罪犯的恶名，挑战全体德国人。

画家在表达他的历史态度时，不幸采取了审美的形式，这正是艺术家与宣传家不同的地方。美学的歧义性，使他自行退向了一个晦暗不明的位置。

忧郁的基弗。

他注视任何事物，目光中似乎都带着一种灰色调。对法西斯建筑也如此。批判的目光本是明快的，坚定的，有如飞矢直达目标；可是，对于忧郁的人，这目光难免变得迟疑，缠绕，雾一般缓缓向前靠近。内省的神秘性，将把我们引向何处？我们最终能不能拒绝法西斯主义的魅惑，至少不至沦为视觉上的同谋？

3

现在，我们不妨跟随基弗去看施佩尔的帝国总理府，从一个艺术家那里看另一个艺术家。

《内部》重现了总理府的大礼堂。黑色墙板，栅格的地砖和天花，阔大，傲慢，阴沉，焦点透视推进了固有的胁迫感。近景有一墓

柯罗，从君士坦丁大殿拱廊看斗兽场，1825

石，燃着白色火焰，透着死亡的气息。画家用加厚的油画颜料、树脂、乳胶、虫胶、干草，覆盖在摄影图片之上。建筑是真实的、坚固的、恒定的，而其材质却是脆弱的、易朽的；碑铭主义，反碑铭主义，两种不同的风格元素掺和到一起。总之，画布的总理府不同于砖石的总理府，它是废墟，仅仅是废墟，鬼魂一样的梦幻建筑。

施佩尔说："即使所有的文件都丢失了，历史学家也能从第三帝国的建筑中读出希特勒主宰世界的宏图。"御用建筑师原以为这些建筑可以雄踞千年，结果如何呢？当它作为废墟而移置于画布上时，我们看到的却是：反讽。

——谁是时间的主宰者？

除了《内部》，还有水彩画《无名画家》(1980, 1982)，油画《台阶》(1982—1983)，《五位愚蠢的少女》(1983)等，都是法西斯建筑的模拟性图像。

基弗虔信真实的力量。历史的真实，内心的真实。为了寻找事实中的材料进入画作，包括石头、土壤、植物、砖块、铅、骨灰，以及织物，他会像探险家寻宝一样，一直寻到源头。他十分看重原型，看重材料及选址的真实性，看重两者间联系的内在意义。既是实存，又是隐喻。他像巫师一样信赖旧日的遗物，拟托亡灵，且像炼金术士一样赋予虚无以生命。

巫师和炼金术士在生死相克中介入，是现实的干预者，神秘主义革命家。

可以比较基弗的《内部》和柯罗的《从君士坦丁大殿拱廊看斗兽场》。

同为废墟，柯罗是敞亮的，拱廊作银灰色，远天微蓝；基弗是封闭的，凝聚的，天花白是有限的白，为宽阔的黑色块所包围。柯罗安静而落寞；而基弗是压抑的，焦灼的，仿佛听得见石头沉闷的声响。柯罗作为风景画家，以古典的抒情调子，流露对古帝国的向慕、眷恋，和永不可及的惆怅；基弗对自然风景没有太多的兴致，他笔下是历史风景，常常为一个时代的生死兴衰而陷入沉思。他是诗性的，又是理性的；他是古典的，又是现代的。他为自己设限，在美与真实之间保持距离，保持内在的张力。

巴尔雅克，阶梯，廊柱，门

1

基弗从布亨迁至巴尔雅克，从画内走向画外，从地面走向天空。在 200 英亩被废弃的养蚕场上，他织造建筑师之梦。

几十座独立建造的小楼。铅石混制的七层塔。崛起，倒下，崛起。整齐而零乱。基弗说，他喜欢看到他建造的塔楼在绳子的拉曳中摇摇坠倒的瞬间。他享受毁灭。

我怀疑，同《占领》系列一样，画家在体验独裁者治国的情形。所谓装置艺术，不仅装置而已。

关于塔的神话——

基弗说，塔置身于天地之间，除了雷电，它们还吸引了别的东西。它们裸露，脆弱，不堪一击。

基弗说，他从来不喜欢建好的房子，包括自己的工作间。他喜欢的是放下第一块砖时的感觉，因为那时，一切都是未知数，世界的式样仅仅在想象中成形。所以，他的塔，给人们的印象总是废墟。

基弗在巴尔雅克的工作室

被炸毁的历史名城德累斯顿

基弗说，废墟，包围了他成长的全部岁月。但是，他从来不像人们那样把废墟仅仅看作灾难和耻辱，也看成一种新生。

夜幕低垂，阴云四布。

塔楼只剩下一个个突兀的影子，有如复活岛上的石像，在天风号啸中，默默守望，千年无语。

塔楼的每个楼层都有坼裂下坠的危险，只好加入楔子；然而楔子又有坼裂下坠的危险，只好等待毁灭……

阶梯向上翘起，向上，向上，然后顿然中断，犹如一只又一只折断的翅膀，挂在空中，接受飞鸟的吊唁。

钢筋水泥板弯曲作波涛状，其上覆盖冰块，放置一件小小的铅制轮船模型。

绝望的航行。

水泥柱满地狼藉，夜来的大雪为它们裹起尸衣……

这么多建筑：未完成的建筑，残缺的建筑。

永远的未完成，永远的残缺。

完成意味着生命的完结，无限的完整，只是一个幻象而已。总有一种力量在阻绝生机。破坏是永远的，正如建设是永远的。

摄影中的巴尔雅克——

显然,基弗并不想完全回到世界内部,而是同世界比邻而居;在内部感受,在外部观察和思考。艺术总有一种超越世俗的品性,形而上的品性。所以说,这里已非基弗的居所,而是我们面临的世界,不完整的世界,真实的世界。

2

还有强制性建筑。

多层级的房子,封闭的房子,规整划一的房子。完全的集中营式。过道里偶尔放一块石头,一本书,一尊古希腊女巫雕像。其实,这些零散的装置对于营房来说,无异于风马牛。

严密与自由:同一度空间中的两个世界。

巴黎的萨贝提利耶医院和它的小房间在基弗手中再度呈现时,已然转化成为一个具有纯粹意义的图像,一个由专制思想与现代技术力量合谋以控制身体,控制个体生命的象征。

这里没有廊柱。

廊柱不是属于圣殿,就是属于魔窟。

基弗是喜欢廊柱的。他画的柱子并非希腊罗马式的圆柱,多呈方形,颀长,坚实,斑驳有如创痕。或许在他看来,单独的廊柱是美的,可是,一旦借以支持帝国大厦的沉重的拱顶,美便坍毁了。所以题画时,他把廊柱比喻为一群愚妄无知的少女,就是为此。

廊柱岂能是独立存在的呢?

3

不见开阖的门不是门,是墙;

没有门的屋子不是屋子,是陵墓。

基弗画的门总是关闭的。

而此刻,他的铁屋子却打开了一道窄门,借此诠释人类的命运。

在绿树红墙的掩映中,赫然矗立着这样一间铁屋子,无论如何是怪异的,可怖的。屋子作深灰色,矩形,绝密。门外有台阶及少许护栏,门内黑黢黢地无从窥测,你不知道这是展馆,你不禁问:这是人的所在吗?如果没有人,那么窄门就是诱惑的入口;如果有人,窄门则成为逃亡的出口。但是,只要开放一个门洞——唯一的门洞,无论出入,捕获的机会将会大得多。

你进入窄门——

两壁荒海旋即包围了你。转瞬之间,世界变得无限大,而你变得无限小。巨浪滔天,一艘艘战船遍身锈迹,仿佛穿越千年向你飞射而来。你惊惧,急欲逃离,然而安全岛在哪里?

捕获你的,首先是你的恐惧感,你的心。

广场与密室

1

广场是都市的心脏。

破碎的心脏。

2

广场在基弗的粗帆布上是有序与无序的砖块,飞扬的沙粒,黄尘弥漫……

那么大的潮水,怒涛汹涌,而今已然退尽。钟声喑哑。火光衰微。卷起的旗帜,如同对准弓弩的鹰隼的翅膀,在风中无力地坠落……广场空无,平坦而寂静。青春的胴体卧倒在那里,就像活跃的鱼群,纷纷躺倒在干涸的海滩上……

是残酷的季节。为了一束白色素馨花,人们从四面八方前来,广场因他们而变得丰盈、焦灼、狂暴,充满嚣声。疾风扬起千万只手臂,于顷刻间长成一座焚烧的森林,然后上升,上升成高原,悬于世界的额际。守望者在黑暗中寻找星辰,倾听狂跳的心,空洞的胃,脉管里血的嘶鸣,以及那渐渐远去的回声……

在德拉克洛瓦的女神之后,死神悄然逼近……

车辚辚车辚辚车辚辚……

到处是《麦克白》的敲门声……

跑呵,跑呵,黎明的白马还跑在路上,罗马已经陷落。当广场再度升起时,正如基弗用砖、石头和沙子所铺筑的,那是一座祭坛——

可是没有鲜花,

今夜,蜡烛无人点燃……

3

密室。

光净的地板上,一支带血的短剑——诺桑,直立在那里。

密室想必同广场连在一起,不然,为什么这样逼仄的空间也有火焰和鲜血呢?

密室想必同广场连在一起,即使大门紧闭,也有暗道相通,如同化妆间连着舞台一样。当演出开始,伟大的领袖、将军、警察头子、小丑、侏儒、说谎者,就会在密室里套上假发、面具和手套,各各穿上合适的服装,然后依次登场;如果演出结束,他们又将回到密室,还原了本来面目,谀媚、庆贺、玩笑、聊天、下跳棋或打桥牌……世界从

基弗,天一地,1997

来是小的控制大的。密室控制广场,正如领袖控制党,党控制国家一样。我们看得见广场,看得见广场上的人群、火光和血,却忽略了密室;我们看得见整个国家,却模糊了罪恶的黑手……

所有这些,都是基弗留给我们的关于第三帝国的想象。在他的画作里,无论广场,无论密室,都空无一人;只有火焰,鲜血,风暴和沙粒……

密室想必同广场连在一起。

4

在夏日的边缘,

飞霜、飘雪……

我们从密室

的窗玻璃里窥见怪异的冬景,

从颤抖的火焰里听到

广场外,那浩荡而凄紧的风声……

一位母亲 站立

在风中。

此刻,唯无言地伸出双臂,

把死去的孩子高高地举过头顶——

风雪茫茫……

谁可以上前

替她承受那份生命的沉重?

西格弗里德忘却了布伦希尔德。

忘却了。尼尼微的城墙已朽,

梆声随逝水远去。

昏盲的守夜人没有子嗣,

凭谁在广场满地断砖的锈迹中辨认

坚定的钢铁?忘却了。

太阳的余晖穿过沙漠——

那么多金字塔,那么多不朽的死人!

谁会想起塔内密室

某具木乃伊曾是一言九鼎的僭主?……

忘却了。白蜡树之花

开遍倾斜的屋顶。

时代如此荒芜,

往日的故事由谁讲述?谁可以讲述?

5

广场。营地。帐篷。

疾风卷起铁丝般的头发,散乱的头发,长长的头发……

沙子从发中落下……

——英博珂·巴赫曼!

——英博珂·巴赫曼!

基弗在沙地上反复写下策兰的女友,一位诗人的名字,伴着风,时间,声音……

唯一的名字,

你的名字,我的名字,人类的名字……

书

1

书是另一种火,由人类心智点燃的火,照亮蒙昧和黑暗。

书里有思想的凝云、雷和闪电;有情感的湍流、溪涧、漩涡和深的湖。雨果把书比作自由的鸟群,飞向四面八方而占领着时空的每一个点;其实也有落网的时候,虽或可以断定其无法灭绝,但说无法截获是不确的。

书铺出人类的道路:荆棘、石头、泥沼、深渊……文明的脚步是如此艰难。

那么多逝者。书是他们的纪念碑,不但记录着光荣与梦想,而且记录着各种迫害、屈辱、苦难和无辜的死亡。今天,如果不再信任生活,而试图寻找新的道路,就把书打开吧!如果要寻找伟大的灵魂的照耀,就把书打开吧!如果要寻找爱与同情,寻找勇气、智慧和力量,就把书打开吧!书是未来的纲领,任何胜利和失败的行动,早已载入海浪般重重叠叠的册页之中。

书是不朽的。

千百年来，单是自然的灾厄，便使这个沉默的族群蒙受了极大的损失，更何况独裁者的禁毁？然而，它们骄傲地活到了现在。看看希腊，看看罗马，多少神庙坍塌了，多少雕像毁坏了，多少王公贵族连同他们光华万丈的生活都已销亡；而荷马和彼特拉克，他们的诗卷依然握在后人的手中，为热烈而温煦的目光所摩抚，犹如沐浴爱琴海和亚得里亚海岸的阳光。

在逝者与生者的联系中，书是最直接、最富有意义、最有效的方式之一。

2

基弗说，他的作品大半属于书。

他对书充满热爱。

书是一种饱含精神的物质。为了揭示精神的奥秘，他制作的书，并非单纯的纸质，纸，同铅片、铁丝、麻布、石头常常复合在一起，书页里黏满了照片、花瓣、黏土、沙粒、鲜血般的红墨水……迷宫般繁复而深邃的精神，对于他，正如火与金属对炼金术士一般的富于魅力。他的书，既是具象的，也是抽象的，具有物质性和精神性的混合的特质。

世界上有不可读而可思的书，这是基弗独特的发现和创造。

基弗,女祭司,1985—1989

基弗,女祭司,1985—1989

由于基弗在这里居住过,布亨终于变做了七部书。

书册里镶嵌着村庄、道路、旷野的荒凉的面影,天空因爆炸的烟霾而呈现出恐怖,有的页面全然墨迹,仿佛世界剩下的只有焦炭。封面由烧过的粗麻布制成,这些布料,是被画家事先毁坏的画作的残余物。

《孤寂的 20 年》(1971—1991) 为纯属于自己的时间造型。这是一组书的雕像。其中,有的是铅薄板支撑着的打开的账簿,也有手工制作的书,它们叠放在一起,或者与木板、干花,一些枯燥的事物为伴。据说铅薄板取自科隆大教堂屋顶的天花板,空白的书页印着许多黄褐色的斑块,则为画家的精液所玷污。

在书册的深处,画家把自己隐藏了起来。

尼采作过如此的描述:

"在本书中,你将看到一个工作在地下的人,一个挖掘、开采和探索地下世界的人。如果你有一双足以洞察这项作业的眼睛,你就会看到,他谨慎、不动声色和不可动摇地向前推进,几乎看不出有什么苦恼的迹象,而这种苦恼本来是任何长期不见天日的人所不可避免的。你却可以说,他不无愉快地工作于地下的深处。这是否意味着,也许有什么信念支持了他,有什么慰藉补偿了他?仿佛他要的就是这种长期的黑暗,就是不可思议、不为人知和难以理解,因为他知道这样做的结果是什么:他自己的白天,他自己的拯救,他自己的曙光?……他将返回人间,这是没有疑问的:不要问他在那遥远的地下寻找的是什么，一俟他重新变成一个人，这位似乎喑哑无声的居民就会开口讲述他自己。谁要是和他一样，像只鼹鼠似的在地下孤寂地生活了这么长时间，谁就会完全不知道什么叫做保持沉默……"

书册沉默着。
沉默的语言无人知晓。

3

多么阴郁的记忆呵！

瞧！书被绑在战机的双翼之上，战神把它带到了哪儿？

舰艇在书上游弋，那是异己者、入侵者、君临的统治者，还是书之魂，自由意志的象征物？虚拟的海面散落一簇簇浪花，一簇簇凋零的白色花……

书册被卷入唐豪瑟的骑士之梦里，卷入玫瑰风暴里，卷入铁网里；那些枯枝，那些干花，再也找不到青春的姐妹了……

铅制的书被竖立起来，并且打开，可以看到那经了腐蚀的森冷的页面上，溅满了大大小小的彩色斑点：花与星星。画家用标签题写了国家航空暨太空总署的星星数目，用绘画线把它们连接到一起，然后起下名目：植物的神秘生命。

当书页阖上，当生命隐匿起来，就能听到辽远而幽蔽的地方传来的声音吗？——祷告、呻吟、哭泣，连彼此交谈也是耳语般的低悄……即便世界敞开，声音那么柔弱，就确信一定可以听到？

是的。这是一部特别的书——

铅制的书页，被塞进一个构造严密、规整、简洁却不失精致、设有开关的褐色匣子里。这褐色，令人想起党卫军的褐色制服，和橐橐发响的长靴。匣子偶尔被揭开，看得见那些铅片一页页竖立着，像是排队等候一个决定命运的时刻似的。

画家用了霍布斯著作的名字称呼这个作品：利维坦。

国家，可怕的巨兽。

基弗对于国家并不抱坚定的信仰，更不必说极权主义国家。作为一个人道主义者、神秘主义者和悲观主义者，对于高踞于人权和自由之上的国家主权是不信任的，甚至是藐视的。

在画家的眼里，有那么多的废墟。

装置作品《两河流域》，与同名油画一样，所呈现的都是国家的废墟。如果说，油画在废墟中尚存一点温柔的色泽，那么以书和书架的形式出现的，则只有沉重、忧郁和恐怖。

这是一座图书馆式的雕塑。作品由两个13码高的书架组成，书架每层摆放着巨大的线装书，因为书页散乱，于是有铁丝相牵系，与原先的断裂的装订线交缠在一起。线装书多已泛黄、发皱、反卷、凹凸不平。在书中，画家蓄意留出许多空白，着字的部分，忠实地记录着他个人对时代的沉思，空白却不尽是个人的，也是历史的，有些空白注定永远无法填写。

画家又为作品取名为《女祭司》。他要从源头说起，让女祭司说出国家衰亡的秘密。女祭司源自塔罗特牌的第二张，即术士的形象。这是一套古老的纸牌，用于占卜和游戏，占卜时，与原形达成共时性。当基弗以一种命名的方式，在人类文明遭到浩劫的影像中插入女祭司，就暗示着：历史的劫数有着可怕的秘传。

——眼前的大书架，不就是8世纪毁于大火之中的亚历山大图书馆的投影吗？

4

书的殿堂是神圣的，却是孤立的，险峻的，无路可以前往。

基弗把书册砌成殿堂状，置于重叠多层的钢筋水泥预制件之上，有如危崖，暴露的钢筋像一根根枯枝伸向空中，有的残留着水泥块，犹如初冬的枝头悬吊着零余的坚果……

人之书遭到人类的放逐——

焚烧，囚禁，流徙，藏匿，无人阅读……

基弗把一部打开的书弃置在荒原上。孤零零的书。围绕它的是冻土地，古海，依稀可辨的花瓣，血迹，阴云，看不见的风暴以及冰雪……

　　大地的孤儿!

　　即便让伊卡洛斯给装上翅膀,也逃不出这个充满杀机的世界。

　　对书的侵害,就是侵害人类自身。

　　当人类可以毫不顾惜地弃绝记忆、良知、知识,弃绝真理、善与美,弃绝书中的一切,世界的希望何在?

第四章

政治考古学

基弗,逃亡埃及,1984—1985

流 亡

1

长路漫漫……
何处是迦南?

一个民族在敌意的威迫下迁徙,一夜之间波涛滚滚,汇成一条奔流不息的河川。在这里,前进即溃退,一直退回到祖先亚伯拉罕的定居地,神许的迦南。如果埃及王不下驱逐令,如果在异族的统治下可以安稳地编织奴隶之梦,他们绝不会想起自己的家园,这些以色列人!

与其说流亡是一种宿命,毋宁说是一种选择——或者顺从,或者反抗。

这些以色列人!
除了摩西,所有人都是盲目的追随者,正如身后的驴子、绵羊和山羊，拥挤着、鸣叫着、彼此模仿着，重复着和应和着。其实摩西也是盲目的，是上帝的扈从，作为领导者，唯在听从上帝的意旨挥舞手杖而已。

……走呵！走呵！麦地、村庄和水井是远了！

而今，水在桶里，面团在袋里，这些许的存储，如何可能应付未来那许多饥渴的日子？……走呵！走呵！在沙漠中行走是多么艰难，为了摆脱埃及人的追杀，还得迂回奔突……把鞋里的沙子倒掉，走呵！走呵！云柱升起来了！火柱也升了起来！——看，神的目光照彻四方哪！……当云柱和火柱停止移动，山羊皮大帐篷就像雨后的黑蘑菇一般，顿时遍布荒野；然而，如雷的鼾声刚刚响起，云柱又移动了……走呵！走呵！

……走呵走呵！走呵走呵！跟着感觉走呵！……

当基弗叙述《出埃及记》的故事时，有意省略历史的主角，而一再把荒旷、混茫而神秘的布景凸显出来。

1984年，基弗作以色列之旅，在古老的土地上直接阅读犹太人的传奇。

画家选取一幅荒山大漠的摄影图片，在上面画出耶和华的云柱，膨大，森冷，却不见沐浴帐幕的祥光。他把作品称作《逃亡埃及》。另一幅同名杰作，则不取静态，着力表现速度和力量。田野，犁沟，呈旋转之势向远方滚动，同时又被一支长长的铅钩倒扣于平面之上。画布上,油彩、漆彩、干草铺出的原野无比荒瘠,而美感和意义是如此丰饶,那混合着血肉与灰烬的土地仿佛融入千年的黑暗和沉寂,在绝望中谛听回答:——

犹太人到底走出了埃及没有?

2

……烟囱太高了!那么多烟囱!可曾经有谁知道,那一排排烟囱上面飘着的不是炊烟,而是头发和皮肤的灰,温热的肉体的灰,是源源不断的死亡的气息?……

集中营。灭绝营。犹太人淋浴时把衣服脱掉,把鞋子统统堆放到一起,他们是否知道,从此再也不用穿上它们返回营房,或者再干活去?道路中断了。道路永远消失。户外的矮木栅,庭园的篱笆墙,都变做了密密匝匝的铁丝网。岗楼枪眼闪烁,再也见不到忠实的小狗和阳光一道前来,只见高大的警犬到处逡巡……

逃离埃及,又见埃及。家园遥不可及。

耶和华把整个犹太民族交付摩西,摩西如何掌管?他是一个"伟大的牧者"吗?

基弗在《红海》(1984-1985)里,将现代德国的"海狮行动"同古代犹太人的逃离埃及联系到一起。把德军穿越英国海峡同以色列人横渡红海的意象组织到一起,——胜利,还是溃败?画面的风

基弗,红海,1984—1985

马牛组合,顷刻间把一切有关英雄的神话给颠覆了。

再看《约书亚》。作为摩西的继承人,新领袖又能给以色列人带来什么呢?除了焦土,还是焦土。

在流亡的道路上,走在前面的是犹太人,跟在后面的是德国人。

帝国因罪恶而分裂为东西两半,为了奔赴统一的家园,德国人跋涉了将近半个世纪。要知道他们有多么痛苦,且看柏林墙坍倒之夜,他们是何等的狂欢!

其实,纳粹主义并未终结。
希特勒的尸身在地堡,而幽灵仍在世界上游荡。
从东方到西方,从极地到赤道两旁,从红色柬埔寨到黑非洲的乌干达、南非、苏丹,从阿根廷和智利到前南地区,杀人魔王以国家和革命的名义,把一个又一个族群赶出家园,将成千上万具生命抛向连天的战火、饥饿、黑暗和死亡之中⋯⋯
希特勒来不及屠杀雅利安的精英和青年,而现今的魔王,却有充裕的时间,做这类流血的游戏⋯⋯
死亡的接力赛⋯⋯

我怀疑,基弗的《逃亡埃及》并非历史的风景画,而是人类生存现状的写照。那恐怖,那荒芜,那崩溃般的速度,所呈现的不正是二十世纪的血色黄昏吗?

《约翰福音》说:

麦种死在地里,注定要结出许多子粒来。

3

最悲惨的流亡是个体的流亡。

流亡者群体失去家园以后,究竟幸存了群体本身,可以如母体一般提供庇护;而流亡者个人失去的是生命的全部,唯一的依靠是自己的心。

流亡者是一种阴生植物,盛产于专制国度,而不适宜在民主的土壤生长。

在纳粹时代,许多知识分子都因为犹太籍,或仅仅因为保持其正直和优秀而亡命国外,如弗洛伊德、爱因斯坦、阿伦特、托马斯·曼、茨威格、阿道尔诺、本雅明……尚有大批知识分子留在国内,他们在政治高压下接受屈辱的生活而作内敛的反抗,故称"内心的流亡"。

在苏联,在东欧,在拉美,在其他实行军事管制和意识形态操控的国家中,也都如此——

一样迫害,两种流亡。

基弗远离了祖国,远离艺术家同行,从城市到荒郊,从地面到洞穴无异于自我流亡。

描画世界上所有孤立的、漂移的、灭裂的事物，都在描画流亡者，描画自己。画家与流亡者原本便处在同一的精神维度上。

——看那彗星，看那陨石，看画家如何以自由、光和运动分别为它们命名。

——看那飞机，一只飞行在蓝色墙壁上的灰蜻蜓，一具残破的蚕茧，一扇为道路所折断的翅膀。瘫痪的伊希斯。

——看《忧郁症》中那带边框的不明飞行物，其上是黑褐色的天空，冒着惨白的云气，其下是荡动的大地和海洋。它悬吊着，无法猜测此刻在上升抑或坠落，也有可能意想不到地突然失踪……

——看那蕨，柏树枝，凋谢的花朵，看无根的一族，在生命的最后时刻，如何展示悲剧的庄严。

流亡者：或者毁灭，或者归来！

基弗，忧郁症，2004

偶像：崇拜与破坏

1

人类凭自身的才智和能力捏造出各种偶像，可是不崇拜自己，反而崇拜偶像，甚至甘愿接受偶像的主宰和惩罚——世界上最荒谬的现象，恐怕莫过于此。

个体的偶像如领袖，集体的偶像如政党，还有一种偶像叫国家，高出于人群之上，巨大无朋有如怪兽：牙齿是军队、警察、监狱，舌头是国家意识形态。它有两套话语系统，恫吓与欺骗交互使用，而暴力是最终的。

民众常常把国家的罪行归于个人或政党，而轻易放过无形的制度，放过国家。国家恒在，故爱国主义恒在。

德国人最崇拜国家。

正当全体民众为国家战败的耻辱而握拳哭泣时，希特勒及其党徒趁机崛起，宣称自己是民族和人民利益的代表者，实行"党国最高权力合一"。所有崇拜者的爱国狂热一夜之间被煽动起来,从此沦为纳粹主义的俘虏。

世界上最专制的国家,大抵是国家崇拜最普遍的国家。

所谓国家崇拜,就是国家至上,而不论国家的性质如何。在国家阴影里,人们无法看清纳粹的罪恶;在占领军的扰攘声中,他们重温第三帝国时身为国家主人的旧梦。其实,他们从不曾做过主人,诸如"公民"、"人民"之类的称谓,不过是统治者抛给他们的漂亮的许诺而已。在废墟中间,他们不敢抬起眼睛,不敢追忆浩劫的由来,害怕无数死者和未出生者的质问……

对于大屠杀,整个德国保持沉默:十年、二十年!

2

怀着内心的创痛,基弗决心以最富于表现力的肢体语言,暴露同胞小心藏匿的历史秘密,让他们惊醒,看见,羞惭,有勇气面向太阳,接受明彻的照射……

1969 年,年轻画家从德国出发,走遍大陆那许多为历史所曾经驻足的地方:库斯纳切特。贝林佐纳。罗马。帕埃斯图姆。庞培。蒙彼利埃。阿尔。塞特。……不同的场景,相同的动作:直立,举手,上扬,那是胜利的手势,完全的希特勒式敬礼。

基弗还做了一本画册《遗传》,在错落的照片中,最刺目的仍然是一式的举手礼。

领袖的举手礼,民众的举手礼,巫术般的举手礼。

基弗说:"我的作品绝无纳粹思想。"又说:"我并非要成为尼禄或希特勒,对他们的重新度量,是为了更透彻地理解人类疯狂的内心顽疾。"

举手礼——
二十年前,在"胜利万岁"的欢呼声中,人们频频向领袖和祖国的未来致意;二十年后,他们纷纷敛起手来,仿佛从来不曾认识那个著名的时代剧目,以及其中的演员。而今,当基弗执意重新度量德意志的内心而撕开久垂的帷幕时,他们唯恐在亮光中现身,于是一致反诬说:画家跟在伟大的疯子后面发起疯来了!

3

八世纪。拜占庭帝国。皇帝利奥三世支持基督教会中的反圣像崇拜者,发动一场洁净教会运动,杀害大批东正教绘制圣像的传教士。犹太教信徒和穆斯林也参与其中,反对圣像崇拜之争由是长达百余年之久,大批书籍也因此焚为灰烬。

至十六世纪,有关圣像的纷争又起。在慈温利教派和加尔文教派控制的地方都发生破坏圣像的运动,清理教堂,拆除圣坛,不但拖走画像,连所有的石雕、木雕、碑文,以至于管风琴也一并被毁……

基弗,占领,1969

基弗,圣像破坏之争,1980

一神教反对多神教。中世纪的故事一直演绎到二十世纪,其实还是原初的情节,只是越到了后来,愈加剧烈,愈加血腥。

基弗带着他的油画、相册,多次返回那段恐怖、混乱而荒芜的历史。这些作品,有着一个统一的名字:《圣像破坏之争》。

画面上,并不见圣像,不见为宗教领袖所纠集的疯狂的人群,只见坦克在纵横驰骋,到处覆盖焦土,到处腾跃着红色的和白色的火焰。画家在画布上标示出那场拜占庭式宗教悲剧的主角及其他名角的名字,不仅借此暗示悲剧发生的原始背景,还在于展现造就这一悲剧并使之得以延续的人类的心理内容,那专制欲、控制欲、攻击欲,那深伏着的死亡本能。画家让坦克出现其中,轻易地,便把空间改写为时间:所谓现代世界,不过是中世纪宗教压迫的翻版而已。

耶路撒冷,一座圣城,三大神教交集之地,在基弗笔下,唯是死亡之城。

一如《占领》,《圣像破坏之争》在德国威尼斯双年展展出后,画家立即招致密集的攻讦,说他"故意炫耀日耳曼血统,并存心与祖国高贵的灵魂调侃",云云。禁忌永远是禁忌。禁忌成了全民族的道德防线。所以,艺术与良心,常常因为无边界的敞现,而成为政治的牺牲品。

英　雄

1

在水彩画集《英雄的象征》中，一个矮小痴呆的男人站在河流前边行举手礼。举手间，一个伟大的象征仪式已告完成，那是忠诚，一致，征服，是光荣的未来……可是，为什么是侏儒？反差的形象，暴露了疯狂膨胀的野心：一个关于国家社会主义的神话，是如何利用了人们的无知和自我卑劣感而被制造出来。

基弗一直在寻找一条道路，联结从远古到今天的苦难，联结暴君、疯子和英雄，联结战争和杀戮，联结心灵和心灵……他要通过这条道路，找到埋藏在集体意识深处的罪恶，黑暗中的秘密。

隐喻：唯一的道路，岔开的道路。

基弗曾经打算搜集关于恐怖与英雄的素材，并编辑成书，做成《圣经》一样厚重的卷册。在他那里，历史有神的启示，历史是艺术的母亲。

独裁者把历史当成一面自我观照的镜子,英雄的镜子,伟大的镜子。

他们不但统治现在,控制未来,而且要垄断历史。"万世一系"是独裁者的普遍的野心。他们为显赫的暴君制造谱牒,按照古国的繁荣面貌描绘自己执掌的国家;为了蒙蔽天下,必须把谎言变作先知的预言,并且使之被提前看见。希特勒及其党徒从雅利安印度、古希腊罗马那里发现民族历史的源头,所有的报刊、书籍、雕塑、绘画、建筑都被动员了起来,称颂往昔的光荣,一如称颂现代德国。

而在基弗看来,这一切唯是一面倒立的镜子而已。

画面写着"尼禄作画",但不见尼禄的影子。从使用的巨大的红色调色板看,这个古罗马之王无愧于大手笔。你看他用厚涂的手法画出黑褐色原野,看他插在调色板上的画笔有如一支支火把,一遍遍涂抹大地——远景中的焚城,不就是他的杰作吗?鲜血从调色板和画笔那里淋漓而下,使原野变得更壮观……

希特勒曾被称为"雅典娜"、"画家兼战士",作品之酷,并不亚于尼禄王。

《诺桑》的宝剑之血,《帕西法尔》的圣杯之血,《瓦鲁斯》的森林之血,从历史传说中源源不断流向纽伦堡,流向开花和不开花的原野、沙地、建筑,甚至画家的工作间……

英雄的历史是流血的历史。

基弗,尼禄作画,1974

基弗,瓦鲁斯,1976

易卜生戏剧《布兰德》:"孩子必须用鲜血为他们的父母赎罪。"这是一种宿命,任是神也无法赦免。

2

画家多次描画金羊毛的神话。但是,引起他兴趣的并非曲折迷人的故事,而是阿尔戈英雄身上固有的象征性的东西。他认为,神话源于体内,不必通过阅读,也不必有太多的了解。有些名字即含有某种气味氛围,能诱发某种感觉和猜想,例如伊阿宋,不就是一个掠夺者吗?所以,画家每每表现伊阿宋,不是示以砖石狼藉的废墟,就是代以空空荡荡的衣衫……只要是掠夺者,漫说古代与现代,他国与本国,两者有何差异?

是广大的毁灭与死亡造就了个别的英雄。

有伊阿宋,就有美狄亚,就有复仇、流血、孤独和死亡。在英雄的命运中,伟大与罪,始终连在一起。

在魔鬼般的幽玄的森林中,基弗为德国民族举行了一次"先人祭"。他把条顿堡森林战役的英雄的头像悬在那里,把众多战将、哲人、作家和音乐家的头像悬在那里;他让树根穿过他们,像毒蛇纠缠拉奥孔一般,将他们紧紧地缚在一起。这是历史之根。通往世界的智慧在哪里?

画家在森林里烧起篝火:是毁灭他们呢,还是让他们的精神在火中再生？

《德国的精神英雄》：

画家用油彩和炭条建造了一座土黄色的木结构建筑，依照传统的透视法将木板引向深处，沿墙火焰高悬，神圣、庄严、深邃，却仍然脱不掉一种特有的神秘与恐怖的气氛。

在这幅室内景画中，画家由近及远，依次写下腓特烈大帝、弗里德里希、瓦格纳、勃克林、弗里德、穆齐尔、博伊于斯等显赫的名字。他期冀他们所代表的德意志精神，有如永恒之火；然而，这火焰升腾起来，又将于顷刻间吞噬整座建筑，有如《尼伯龙根之歌》中最后出现的瓦尔哈拉城堡……

火是默默的

哀悼？祈祷？抑或噬心的恐惧？

对于一个民族，无论是崛起、覆灭或重生，精神是根本的。

阴暗的大地。浑浊的河流。乌云翻滚的天空之上，惊现一道彩虹，它的明艳的颜色镀亮了远方……

这是一幅水彩画：《德国救赎之线》。

在这里，救赎就是精神救赎。画家写下两组名字，这是否意味着，他对德意志智慧的头脑，已然作出了区分？水面上写着海德格尔。彩虹上是黑格尔和费尔巴哈，而且加了箭头，标示着某个方向——

古代凯尔特人把彩虹称作"天上的曲线"，把桥和天连接起来，

基弗,德国救赎之线,1975

不失为希望的象征。《圣经》里，彩虹出现在方舟上方。神说："我与你们并你们这里的各样活动所立的永约，是有记号的；我把虹放在云彩中，这就可作我与地立约的记号了。"

3

基弗毕竟崇仰宏大的事物。

星空，森林，原野，建筑是宏大的；国家，民族，历史，形而上学也是宏大的。宏大有英雄的特质。

在尼采的自传中，"德国人"一词是他所能找到的最坏的咒语，然而他又辩护说自己的作品随处表现出"纯正德国式"的东西。德国知识分子在精神上对国家有一种特别的依赖性。基弗执着于大屠杀的记忆和民族的整体耻辱，实际上，仍意欲以此拯救和重建德意志精神。这种驱动力，暴露了理智与情感的先天的矛盾性，有可能使基弗很难做到彻底切断同纳粹帝国的牵系而不沾带任何丝缕。

基弗不止一次画过萨图恩。

萨图恩，生育之神，教人种植的英雄。在萨图恩节期间，农人竟作弄起他们的神祇，于是我们看见另一出戏剧：奴仆指挥主人，主人伺候奴隶……

事实如此悖谬，是萨图恩同雅努斯王结合的结果吗？

遗忘或背叛

1

英雄史诗《尼伯龙根之歌》暴烈、凄厉,带着长长的呜咽,从中世纪一直传送到现代;从王公、贵族、元首到宫廷内外的艺术家,普通市民,激荡着每个德国人的心。

莱茵河的少女们日夜守护着一堆黄金。这是稀有的宝物,如果有谁获取并铸成指环,便可统治世界。

雾魔得到了这枚指环。可是,紧随其后,却被众神之王沃坦所攫取。为此,雾魔发下毒咒:持指环者必遭祸殃。

沃坦让巨龙看守指环,施法使女神布伦希尔德沉眠于巨石之上,巨石四周有烈火环绕,令诸神不敢接近。然而,英雄的步伐无法阻挡。西格弗里德终于杀死巨龙,击退沃坦,越过火圈,唤醒美丽的布伦希尔德,并与其结合到一起。

获得指环后,英雄不甘于逸乐的日子,继续冒险的行程。在龚瑟尔国王的城堡里,他为雾魔的儿子哈根的魔药所迷,忘却往日的爱情,不但娶国王的妹妹为妻,还帮助国王迎娶布伦希尔德。布伦希尔德悲愤至极，在哈根的挑唆下，挥剑杀死了他。临死前，英雄才恢复对布伦希尔德的记忆，然而为时已晚。

布伦希尔德得知真相后，悲痛中彻悟过来，把指环归还给莱茵少女，然后跃身上马，点燃火堆，烧毁诸神所在的瓦尔哈拉天宫。此时，莱茵河泛滥起来，茫茫大水淹没了所有一切……

瓦格纳将《尼伯龙根之歌》编成四联音乐剧，他说，他要把英雄的传说建成一座宏大的活动的纪念碑，呈现给德意志民族。希特勒崇拜瓦格纳，包括崇拜剧中的英雄西格弗里德，一如崇拜帕西法尔。其实，这些嗜血的英雄，乃是隐身的恶魔；历史凡在蒙难的时刻，都可以窥见他们活跃的身影。

2

基弗一样反复阐释《尼伯龙根之歌》。

不同的是，他没有追随英雄的脚步，走向杀戮的、征服的道路。他的步调是迟缓的、沉重的，且一直徘徊在记忆与遗忘、忏悔与祷告、迷失与寻找之间。在他这里，英雄的传奇是非英雄化了的。

《沉眠的布伦希尔德》——

这位美丽的女神在风雪之夜沉沉入睡，仿佛听得到均匀而柔弱的呼息……

基弗一再返回问题的源头：英雄的降临到底给世界带来了什么？

基弗,沉眠的布伦希尔德,1980

爱,幸福,正义,还是仇恨和灾难?与其最终背叛所热爱的一切,不如一开始就不加侵扰,让世界保持原初的美好的形态,一如眼前的布伦希尔德?

布伦希尔德之死是热烈的,也是痛苦的。

基弗把死亡置于幽蓝色的背景中:一堆狼藉的金属条,战机的残骸依稀可辨,此刻正燃着火焰;然而一半已化成灰烬,烟雾,重重阴影……

——布伦希尔德在哪里?

她在火中。不,她早就融入背景中的那一片幽蓝。她本身就是幽蓝。

基弗深入《尼伯龙根之歌》的史诗故事中去，抹去英雄的光环，拂走浪漫的尘埃，而紧紧抓住悲剧的根部：忘却。

荣格认为，男性心理中有一种女性倾向，即灵魂原型，称阿尼玛，一如女性心理中男性倾向阿尼姆斯。在史诗中，布伦希尔德孤傲地摒弃权力和财富，而所有这些，正是西格弗里德所寻求的，构成为英雄业绩的全部。西格弗里德忘却了布伦希尔德，也就是失却心中的阿尼玛，失却自身的灵魂。

没有哪一个艺术家像基弗这样执着于揭示人类浩劫的灵魂本源。

1975年，基弗一连画了几幅构图几乎完全相同的油画：茫茫雪原，天地萧索，没有人踪，没有鸟迹，唯见数条被白雪覆盖着的沟壑般的道路呈倒转的扇面一般伸向远方……

而远方，无疑显得更为茫漠……

画面由近至远，沿着道路的走向，写着同样的一行字："西格弗里德忘却了布伦希尔德。"

所有的道路都通向遗忘。

在我们所熟悉的密闭的木房子内，不见诺桑的闪光，不见火焰，不见帕西法尔的血腥的圣杯；但见多处血迹，黯淡然而依旧鲜明。说

基弗,西格弗里德忘却布伦希尔德,1975

不清这是谁的血,来自哪一场格斗。倘若是从英雄西格弗里德的身上流出来,那么它乃来自最后的复仇之战?

画家题为:布伦希尔德的悲伤。

布伦希尔德的悲伤是人类的悲伤。

最大的悲伤,莫过于经历了两次遗忘:第一次是西格弗里德忘却了布伦希尔德,还有一次,世人遗忘了西格弗里德的遗忘。

遗忘了"一战",于是有"二战"的发生。

遗忘了反犹大屠杀,于是有红色高棉的大屠杀,有南非、卢旺达、塞尔维亚的大屠杀,有以各种堂皇的名义进行的"合法"的大屠杀。

3

当战火平息,血流干涸,商品和欲望泛滥起来,这时,布伦希尔德便摇身一变而为性感的时尚女郎。

基弗以波普的手法,重塑了布伦希尔德的形象。在这里,历史的场景确然转换,可是,当权力和财富依然成为人们追逐的对象,当西格弗里德因征服和占有而成为"时代英雄",仅仅因为时代的播迁,难道就可以最终结束布伦希尔德被忘却、被抛弃的命运?那个关于爱情和幸福的诺言,有可能得到信守吗?

历史唯因人性的改变而改变。假使人类失去记忆,失去了灵魂和信仰,历史将保持它的一致性而无进步可言。

西格弗里德迈出寻找布伦希尔德之路。其实,寻找布伦希尔德,就是寻找自己,寻找忘却的阿尼玛。

——艰难哪!

寻找的道路和忘却的道路一样漫长!

基弗描画西格弗里德的寻找之路,是沟壑、废弃的铁轨、路轨移走后的辙痕;他使用的全是常见的、破旧的材料,如黏土、织物、干草、沙、干花,使前景变得荒凉而恐怖。他还利用照片,袒呈铁路的荒废的面貌:残断的枕木,石子,枯寂的花草,且用铅块挡住外部空间,给人以一种别无出路的无助感。是铁路把神话、历史和现实连结起来,于是,我们通向哪里?火车头在哪里?

寻找的道路和忘却的道路一样,艰难而漫长!

静静的莱茵河。

故事在哪里发生,就在哪里结束——

一切都是徒劳!可悲的是白白地流了那么多的鲜血,空耗了那么多生命!年轻的神!为什么你要背弃自己的家园,去追逐那遥远的黄金幻想?为什么不听从莱茵女儿的警告,却轻信侏儒和魔鬼的教唆?为什么到了最后时刻你才觉醒过来,记起亲爱的布伦希尔德,心中的阿尼玛?

我们可能从遗忘与寻找的怪圈中走出来吗?

两姐妹

1

在某个夜晚,或者清晨,一个德国画家和一个犹太诗人相遇在一首不朽的诗篇里——

日落 我们喝着黎明的黑牛奶

喝呀喝 在清晨在午夜

我们喝哟 我们喝哎

微风中我们挖掘自由的墓床

……

谱曲吧 黄昏笼罩德意志你金发的玛格丽特啊

微风中我们挖掘自由的墓床 你灰发的苏拉密斯哟

最甜蜜的死亡乐章呵 死神是德意志的主子

最黑暗的此刻呵 你们是遁向空中的烟雾

你们的自由的墓床哟

……

你金发的玛格丽特

你灰发的苏拉密斯

画家一直沉浸在《死亡赋格曲》的悲怆的旋律里，诗人的意象唤醒了他心中的阿尼玛——两位女性，玛格丽特和苏拉密斯。她们原是一对亲密的姐妹，仅仅因为不同颜色的头发，命运便有如此的不同：一个是加害者，一个是受害者，她们分割在岁月之河的两岸，河面上永远闪耀着粼粼血光……

2

玛格丽特，来自歌德《浮士德》中的德国女子；苏拉密斯则是犹太女子，来自《所罗门之歌》。敏感于色彩的画家看见，金发和灰发，正是两个民族的歧异所在；二十世纪全部的罪恶与痛苦的历史，都可以化简为两种不同颜色的配置。1981年，基弗用稻草和油漆，制作了《玛格丽特／苏拉密斯》系列的第一个作品：《玛格丽特》。

作为中心材料，稻草被画家粘制成发辫的形状，成多个垂直轴，突起于象征着天然地基的涵盖了底层四分之一的横轴之上。底部则涂上灰黑色，稻草绳的旁侧，也添加了灰黑色的阴影。而在扭曲的稻草末梢，栖着许多金黄色的小鸟，那是点燃的火焰，犹如深夜里的烛光，在灰蓝色背景的衬托下，显得异常明亮。

然后，在画面上方，画家用黑色写上一个名字：玛格丽特。

雅斯贝尔斯："无名者是无词的、未经证实的和不严格确定的……它好像一束火焰,可以点亮这个世界,也可能只是一堆在一个焚毁了的世界中幸存的余焚,保存着可能重新燃起的火种,或者,也可能最终返回它的本源。"

如果说金黄的稻草绳是玛格丽特,那么灰黑的阴影就是苏拉密斯。

灾难与罪恶在一起,如影随形。600万犹太人的生命,难道真的如风中的灰烬一般飘散,不留一点痕迹吗?作为德国人,难道只有元首及其党徒才负有罪责,而生活在这块土地上,曾经拥戴他们,纵容他们的疯狂的人群竟可以若无其事?战后的一代呢?当历史翻过血腥的一页,这所有一切,是不是就可以任由时光自然淘洗掉,一如莱茵河水带走岸边的泥沙?

犹太人的死亡犹如画家的死亡,然而他活着,死亡就进入他的内心并为他所把握。他说:"屠杀犹太人同时是德国文化的自杀,这种文化是德意志文化与犹太精神的总和。我希望寻回这个失去的统一体。"于是,他点燃火焰——宁静的火焰,哀悼的火焰。

要照亮黑暗,他的内心必须有光。

你金发的玛格丽特
你灰发的苏拉密斯

同年,基弗还两次为玛格丽特造像。其中一幅颇富装饰意味,

基弗,玛格丽特,1981

基弗,你金发的玛格丽特,1981

基弗,苏拉密斯,1983

基弗,苏拉密斯,1990

在宽大的黑色边框上置放照片,再把一小堆一小堆金黄色的稻草覆盖其上,边框看上去是一排黑色的十字,这黑色,令人想起灰发的苏拉密斯,又仿佛是金发的玛格丽特对着十字架哭泣着祈祷……

还有一幅,同样的使用干稻草。画家把它们绾起来,弯弯的一束,宛如玛格丽特的金发,竖放于画面高视平线的中心;然后,仿稻草的形状画出黑色的阴影,如灰发的苏拉密斯对玛格丽特所作的呼应。远处是熟悉的荒芜的田野,村庄,一条条空犁沟沿着同一个方向没入远方……

在两幅画上面,基弗都题写了策兰的诗句:"你金发的玛格丽特"。

3

虽然,苏拉密斯的命运和玛格丽特的名字连在一起,可是她并非作为玛格丽特的附庸而存在。她们是两姐妹。

基弗首次为苏拉密斯造像,是一个具象的作品:一个黑发女子赤裸着坐在地上,双足交叉,两臂垂直向上举起作俘虏式,背景是高耸的阳具般的摩天大楼。在女子的头背部,画家写上"苏拉密斯,你发如灰烬"的诗句。他反复说的是:犹太民族的历史性屈辱一直延续到现代,没有止期。

你金发的玛格丽特
你灰发的苏拉密斯

基弗最著名的作品，是1983年的巨幅油画《苏拉密斯》。

他以纳粹建筑师威廉·克雷斯设计建造的德国士兵殡仪馆礼堂为原型，画了一个拱形的幽闭的殿堂，又特意从纳粹集中营的炉灶里取来灰土，覆盖在上面。墓室两壁的火把行将熄灭，而在最远处，建筑中心的祭坛之上，七柱火焰正在炽烈地燃烧……

在画布的上方写着：苏拉密斯。可是，苏拉密斯在哪里？

苏拉密斯是灰，看不见的微尘，是回荡在巨穴中的凄美的雅歌。黑暗中的黑暗，穹顶之下的神圣的火光……

基弗在法西斯建筑里打开了另一度空间，他将献给纳粹的死亡祭奠仪式转换成对千百万犹太受害者的纪念，将纳粹设计师的想象转换成关于大屠杀的记忆和思考，将德国人与犹太人，加害者与被害者并置，而以一种自反性、互文性、歧义性打破了传统绘画形式原有的局限，犹如音乐的多重变奏，使主题在功能转化中变得更深邃，当你凝视这个人类的死所时，不禁问：

这是谁的死亡？罪恶的死，抑或无辜的死？死亡可以等量齐观吗？如果说生命的意义在于生存本身，那么死亡有没有意义？死亡的意义如何可能得到揭示？

《苏拉密斯》画布巨大，画面空洞，幽深，无人在场；焦点透视以一种特有的吸附力紧紧攫住你，恐惧使你意欲逃离而又无法逃离。在墓穴前面，你意识到了自己的存在，死者的存在，你不能不在这个虚拟而又无比真实的空间中找到自己的位置，然后确定。

《死亡赋格曲》一直回响在基弗的心间。

多年以后，画家又以苏拉密斯为题创作了两本画集。他在事先经过氧化处理的铅制页面与焊接页之间粘上黑头发，用电焊丝制作成一束束发髻，画纸上留下的硫黄、铜锈及腐蚀性痕迹斑驳可见。有毒铅与有机头发的物质性对比，令人想起大屠杀的现代性、机械性；而硫黄的气味，也容易引起人们对散发出特殊气味的焚尸炉的联想。在炼金术士那里，硫黄是由地狱引发的一种气味。

这是死亡之书。基弗将它列为第九十七本书，编入名为《两河流域》的巨作中，赋予它以永恒的价值。

你金发的玛格丽特
你灰发的苏拉密斯

头发看似平常，可是对犹太女子来说，却是一种具有代表性的生命物质。在纳粹集中营，她们被勒令将头发剪掉，然后打包运回德国。仅特雷布林克一处营地，就发送出二十五车皮的头发。据称，这些头发被制成油毛毡，或织成拖鞋材料，供纳粹潜水艇官兵使用。

偃卧的，弯曲的，一束束头发犹如一把把黑色小提琴，委身于书页，呜咽、号叫、呼告⋯⋯

除了画家，有谁可以听到？

第五章
艺术：介入与超越

基弗，头顶的星空和内心的道德律，1969—2010

调色板

1

  基弗的作品经常出现调色板，在七十年代，这一意象的使用特别集中。有时，你会感觉到，为了加进一块调色板，画家甚至可以不惜破坏画面的纯粹、均衡与和谐。显然，在他那里，有一种意识迫切地需要切入。

  ——一种责任意识，救赎意识。

  犹如竖琴之于诗人，武器之于战士一样，对基弗来说，调色板就是画家的生命本身，它永载了全副的灵魂和血肉。

  在法国画家库尔贝的名画《你好，库尔贝先生》中，画家就是与画板一同出现在画布上的。他在画室里，画《画室》，在《画室》里画画板，像伦勃朗在《艺术家在画室中》所画一样，那画板，突出地被置于构图的中轴位置，凝集了画室中所有的目光。这个富于革命意识的画家，他在强调写实主义的力量，自然的力量，其实也是个人艺术创造的力量。

  基弗的调色板，就是库尔贝的画板。

基弗,致无名画家的纪念碑,1983

2

调色板与焦土、火焰、绳索在一起,与大地苦难在一起。

在《圣像破坏之争》中,调色板是断裂的,破碎的,被蹂躏的;直至现代,依然在劫难逃。在《致无名画家的纪念碑》中,调色板孤零零地留在那里,张开如死去的介类,成为被遗弃、被扼杀的精神实体的象征。

在天地间,艺术无人眷顾,调色板只好弃置墓地,任由风雨吹打。基弗不止一次描画艺术的困境,却不忘在这境地里画了手持调色板的守护天使。他给调色板装上了伊卡洛斯的翅膀,让它飞翔;但是并不许以明朗的天空,结果还是折断在三月的沙地……

调色板是艺术,也是命运,它交织着画家的希望与绝望。

不平静的调色板。

权力是艺术之敌,群众也是艺术之敌。

3

1980年,基弗用照片制作了两幅自画像:一幅是《破碎的花与草》,另一幅是《天堂星空》。

后者:诗人双手叉腰,孤身一人站立在星空下,脚踏着一条蛇,那蛇正吐着毒舌。粗犷的笔触将夜色画得浓重而且有力,明显地有一种压迫感,但因此也便加强了原有的对抗意识;唯不知为何,整个身体被处理成半透明状,也许是为了使置放于心脏部位的调色板变得更为清晰?

在画面下方,画家题写了康德的那个著名的句子:"头顶的星空和内心的道德律。"

艺术家是守夜人。

在专制、无知和普遍的叛卖中,他守卫着自己的良知。

基弗,天堂星空,1980

材质及其集合

1

传统绘画只用画布和颜料,而作为这一领域的革命者之一,基弗追随博伊于斯,使用了除此之外的大量材质,如沙、黏土、稻草、干花、铅及其他金属、沥青、玻璃,等等。他还说,喜欢用自己的身体作画。他不会放过任何一种物质,包括生命物质。

是物质的普遍性,构成了世界的博大。

在基弗那里,沙子,恐怕是关于生命个体的最理想的隐喻。他通常把沙子扔在或吹在帆布上面,然后加以涂抹。沙子即使聚集起来,仍然有一种疏离感、被抛弃感。不知道这是不是他喜欢画金字塔的理由之一?稻草不但有美丽的金黄色,而且温暖,与大地有着深远的关系,它原本是有生命的。虫胶是无机质,基弗喜欢使用,大约也是因为纯净,同样的温暖而光辉;它既坚硬,又脆弱,随着材料的变化而容易断裂……

基弗使用最多的是铅。在他的作品中,铅材有着多种形态:丝状、条状、块状、液状,还与其他材料结合,制作出不同的肌理效果。

在炼金术中,铅是灵魂的载体,灵魂升天所经的梯子也是铅制作的;在现代战争中,铅还是武器的制造者和战争的参与者。因此,铅的物性本身带着阴暗、沉重的意味,在人们的记忆深处,可以唤起一种神秘感、压抑感、恐怖感。二十世纪是死亡的世纪,到处笼罩着不祥的气氛,基弗对铅材的使用,正好契合了时代的沉郁的、暴戾的性格。

基弗是一个有着坚定的艺术信念而又不断追求变化的画家,物质的多样性和差异性,适应了他的这种变化。

基弗不用传统的颜色,甚至连颜料都不用,就用材料。在他看来,材料是有生命、有灵魂的。

他邀约大自然合作,利用高温或低温的天气,有时还把画布放到户外淋雨。他把酸、泥巴、水统统堆到画布上。他的工作间到处是强酸池、化学品和铁器。他把做好的船沉入大池内,让它生锈,几年过后,才捞起来使用。他喜欢铁锈的红色。他用铝和铅电解出近于青铜的绿色。因为颜色不是热烈的、鲜艳的、妩媚的,所以是他喜欢的。他要让颜色停留在方生方死之间,停留在沉思之间,在颜色中看得出时间的积淀。

2

不同物性的材料,构成一种新的语言。

材料无论并置的、冲突的、融合的、叠加的,都在促进异己之物的生成。在同质与异质、对称与非对称、秩序与混乱、统一与断裂、

基弗,调色板和带刺的铁丝网,1998

完整与碎片之间,画家在寻找一条相当于炼金术士的探索之路。艺术形式如油画、木刻、摄影相互间的镶嵌、拼贴也如此;到历史现场中去寻找实物材料也如此。

3

路易斯·H.沙利文对于现代艺术有过一段描述:

> 形式出现于形式之中,而另一些形式又从这些形式中产生和繁衍出来。一切都相互关联、相互交织、相互纠结、相互联系、相互混合。它们外渗和内渗,它们没完没了地摇摆、激旋、混合和漂流。它们形成、它们重组、它们消散。它们应答、协调、吸引、排斥、合并、消失、重现、融合和显现。或疾或徐,或温和或粗暴。从嘈杂混乱进入嘈杂混乱,从死亡进入生命,从生命进入死亡,从安宁进入运动,从运动进入安宁,从黑暗进入光亮,从光亮进入黑暗,从哀伤进入喜悦,从喜悦进入哀伤,从纯洁进入污秽,从污秽进入纯洁,从生长进入衰败,从衰败进入生长……

这里说的是一个时代,拿来形容基弗的艺术世界同样合适。

物性美。形式美。广场、监狱、建筑与废墟之美……
——基弗要重现皮朗内西悲壮的梦境吗?

精神置于一切之上

1

1945年。纳粹帝国覆灭的那一年,基弗戏剧性地来到世界上。

他没有像他的老师博伊斯那样,有着专制、暴力、战争与种族屠杀的时代体验,他所有的只是罪恶的历史记忆。自由和生命被禁锢在记忆里。他走不出记忆,走不出黑暗和血腥的岁月,走不出废墟。这是一种悲剧精神。它根植于幽暗的人性,连通痛切的感受力,判断力和想象力;连看似笑的艺术也都是沉重的,化为讽刺或反讽,而非犬儒式的幽默。

司汤达说:"为热情所激动的人是不会笑的。"基弗的热情是悲剧的热情。

康定斯基、蒙德里安、克利等人在绘画中,极力将世界精神化、抽象化。康定斯基描述说:"世界回应着。这是一个由精神支配着的存在所构成的宇宙。因此,死的物质也是活的精神。"这些抽象主义的画家无视绘画的主题,而基弗是有主题的。

忠于记忆的人,终究要寻求意义。人生如此,艺术也如此。

战后德国的一代新艺术家重新燃起世纪初的表现主义的激情，为了颠覆现有的艺术秩序，他们高扬变革精神，有如前驱所称的那样，是一群"精神革命者"。博伊于斯特别强调艺术的政治性和精神性的意义，他以勇敢的、简直极端的艺术实践，成为青年画家的精神领袖。在他的带领下，他们把艺术视为"一种行为及一种社会形式"，从极简主义和观念主义的桎梏中解放出来，致力于铸造一代全新的艺术语言，并以此推动社会的改造。

巴塞莉茨、彭克、波尔克、伊门多夫、吕佩尔茨……以及基弗。假如没有一种革命的精神氛围，没有一个创造性的艺术群体，就没有基弗。

基弗是一个优秀的继承者，然后才是革新者。

博伊于斯说："人的状态就是奥斯维辛。"他制作了《奥斯维辛示例》系列，通过戏仿，重现纳粹时代大屠杀的记忆，留在心头的不愈的创伤。凯尔特族及日耳曼族的神话一样出现在他的作品中，他率先发掘德国的病根，把艺术看作药物，不止一次说过要"以同类治疗同类"，并称这是一种"顺势治疗"。由于他确信同类治疗的效果，常常模仿疾病的症状，因此容易招致误读，被认为追随仿效而遭到攻击。

除了内容的革新，在材料使用方面，其独特及大胆也是著名的。作为纳粹的空军作战人员，博伊于斯在俄国雪地里被击落，后由游牧的鞑靼人发现，用油脂和毛毡包裹起来以保存体温，结果活了下来。此后，油脂和毛毡就作为他最为偏爱的具有个人生命记忆的象征性材料,常常得以使用。在爱尔兰,他把泥炭、砖块夹在爱尔兰黄油和威尔士煤炭之间制作他的作品;在美国,他甚至把产于北美草原的小狼和《华尔街日报》作为艺术材料。他既具有一种文化自觉,又怀有一种神秘主义的探索热情,无愧为一位思想型的艺术家。

从思想观念、主题、艺术策略到材料和技法,基弗都从博伊于斯那里接受了许多;但是,基弗所以成为基弗,还因为他保留了一种具有无限活力的东西:个性。

基弗不像博伊于斯那样热衷于外在的活动形式、仪式化行为、偶发性事件,以致直接参与政治活动,而是专注于传统的绘画形式的发掘,在美学的内部实行革命。

2

在魏玛时代,德国艺术已经同政治结下不解之缘,至六十年代,当表现主义在西德复兴时,艺术家们依样热衷于表达他们的政治观念。如吕佩尔茨七八十年代的《酒神颂歌》系列使用钢盔、谷穗、徽章和军服一类典型的德国意象,对战争发出诅咒;伊门多夫的《咖啡馆德国》系列对分割德国所作的抗议,等等。1981年1月,一个命名为"绘画新精神"的美展在乡间展出。这是新表现主义的一次盛大的巡礼,基弗即为参展人之一。什么叫"新精神"?这里贯穿着一种政治意识,就是集中关注德国的创伤,探索德国文化的根本,把艺术同未来的德意志观念联系起来。

在一个具有专制政治文化传统的国度里,只要不是有意逃避,只要忠实于个人同外部世界的真实关系,这样的艺术就一定是政治的。

3

战后,世界艺术迅速趋向商业化、大众化、娱乐化,纽约代替老巴黎作为崛起的国际现代艺术中心,充分显现了这一全新的景观,并以此左右着当代艺术的流向。

西德艺术家也群起追随美国绘画,五六十年代,抽象绘画、波普艺术、行为艺术、极简艺术、概念艺术占领了整个画坛。他们因为德国在战争期间犯下的罪行而对自身的艺术传统存在疑惧,急于走出封闭的空间,摆脱历史的阴影。一个傲慢的德国沉没了。

基弗也是作为一个世界主义者开始他的绘画生涯的,不过,很快便从民族的呼告中醒过来。他知道,他必须寻回他的祖国,寻回作为德国人的自己的东西。然而,一切都已破碎,一切渺如云烟,他不能不在噩梦和幻思中寻找,从废墟中寻找,从边缘、远景以及虚无中寻找。

祖国是没有的。祖国是一个观念。对于国家的现实,寻找不断地予以否定,这就给艺术带上了一种精神性。

一面是强大的国家及意识形态,一面是萎缩的个体精神——这就是德国。专制国家大抵也如此。

德国的传统风格:宏伟、统一、严整、理性,本质上是前现代主义的。基弗既要彰显德国的特征，就一定会保留这种传统性；但是，他又要丰富它，改变它，因此又不能不注入更多的个人的、自由的、非理性的因素，被称作后现代主义的因素。他随意地用材，构图，题字；大量的反讽；互文，诡异，玄奥，体现了民族性与个人性、传统性与革命性的统一与冲突。

4

基弗的作品是修辞的、雄辩的、沉思的、追求意义的，又是神秘的，有主题又无主题。叙事性、描绘性、象征性、装饰性，但因此又常常表现为一种含混性。奋力泅渡时间之河，是历史学；又意欲拥抱空间，是诗人、幻想家、占星士。是思想型的画家，有时，又仅仅是美的发现者。

矛盾性、多重性，而又带有无倦的探索欲望，使我们发现基弗时时处于变化之中。

在早期作品中，我们看到历史在他那里具有确定的边界，后来却转向"一种地质学式的历史"，其实是跨国族、超时空、无边界的。他从世界主义回到德国，结果，又从德国走向星云、宇宙和永恒。

卡夫卡说，要探测出敲门的未来的魔鬼般的力量。而基弗，则着力呈现破门而入的昨日的强盗般的力量。这是浩劫的力量，毁灭的力量，还有深隐其中的神秘的力量。

德勒兹论培根时指出:"在艺术上,在绘画中与在音乐中一样,并不是要去复制或发明一些形式,而是要去获取力量。"他对培根的分析在于:如何让一些看不见的力量变为看得见?培根的力量,来自人的运动的形体;基弗的力量,则来自凝定的建筑、自然与静物。培根说:"画出叫喊";基弗画出沉默,那是封闭中的叫喊,也是最有力的叫喊。

可是,当基弗远离了德国,当陌生的事物隔离了原来的街道、邻居和生活,即使制造了荒凉的洞穴代替现实中的废墟,以图唤起与大屠杀相关的种种记忆,难道这是长久而可靠的吗?当心灵和筋肉在岁月中渐渐松弛、萎缩、衰老,记忆更多地为冥想所代替,这时,还看得见原先的火焰、鲜血和烛光吗?……

　　你金发的玛格丽特
　　你灰发的苏拉密斯

金色和灰色最后在风中全都变作了白色,而且风仍在吹,不断地吹,我们凭什么辨认历史的真相?曾经的正义、罪恶和苦难,难道到最后真的只余一片空白?

2009 年 10 月 18 日

附 录

基弗和他的作品

基 弗

安塞姆·基弗（Anselm Kiefer），德国著名画家，新表现主义艺术的代表人物。他一直专注于表现德国，德国的文化命运和纳粹主义的遗产，大屠杀的记忆是反复表现的主题，因此常常被称为"德国罪行的考古学家"，"伟大的记忆者"，"第三帝国废墟上成长起来的画界诗人"。由于他执意还原历史真实，加以视觉本身的歧义性，他的这些作品，又使他成为二十世纪最具争议的画家之一。

基弗1945年3月8日诞生于德国西部的多瑙厄申根。这里是多瑙河的发源地，周围一带黑森林，在童年艺术家的心灵中播下神秘的诗意的种子。基弗的父亲是一位美术教师，虽然他早年并未从事绘画，却对文学艺术充满了热爱，喜欢诗人里尔克、画家梵高和雕刻家罗丹。

1965年，基弗进入临近法国的弗赖堡一所大学攻读法律。次年，他到拉图列特参观法国建筑师勒·柯布西埃设计的一所修道院；据悉，他在这里还曾体验过一段修道院生活。也许，修道院的建筑艺术及其间的精神性生活唤醒了内心深处的某种欲求，就在这一年，他毅然放弃了学习了一年多的法律课程,改从画家彼得·德雷埃尔学艺,正式走上绘画的道路。1967年,他进入卡尔斯鲁厄美术学院,师从画家霍斯特·安特斯;一年后,转入杜塞尔多夫美术学院,直接在"后现代艺术的守护神"约瑟夫·博伊于斯的指导下学习,时间长达两年。博伊于斯作为二战的亲历者和受害者,主张艺术介入社会生活的理念,暴露纳粹时期的创伤记忆以及德国文化的罪恶性秘密的主题,重视形式上的革新,所有这些,对青年基弗都有着重大的影响。

1969年,基弗游历欧洲大陆,完成定名为《占领》的摄影系列作品。在不同的场景中,他模仿希特勒,笔直站立,举起右手,作纳粹式敬礼。显然,他在以一种直接而明确的肢体语言,阐释人类心灵的疯狂和罪恶,以及被隐匿起来的历史责任的逃避。由于率先打破禁区,进入德国人为之保持缄默的主题,所以作品展出时,遭到美术界以及社会部分人士的强烈反对。

《占领》初露端倪,表明了基弗的一种近于先锋的艺术状态,他决心沿着早经选定的叛逆的、不妥协的、自然也是孤独的道路前行。正如罗森塔尔所详述的那样:"《占领》象征着基弗十年的艺术符号,作为国家、神话及历史的继承者,他在探寻自我的道路上经历了艰辛的努力。"

七十年代以后,基弗把传统绘画作为主要的表达方式以确立自己。他从战后德国的现实环境出发,进而寻找历史的、神话的、宗教文化的等价物,对德意志民族精神进行深入的发掘。他追求宏大叙事,所作主要是风景画和建筑内景画,而且多是大型格式;与一般的风景画和室内景画不同的是,这些画作反复表现德国文化和政治传统中的观念、主题、形象和意象,并且几乎都具有象征的意味,"黑色启示录"式,大大扩展了表现的精神空间,丰富了思想和文化意涵。《冬日风景》(1970)、《德国的精神英雄》(1973)、《复活》(1973)、《诺桑》(1973)、《帕西法尔》(1973)、《尼伯龙根的悲伤》(1973)、《边疆荒原》(1974)、《金龟子,飞吧》(1974)、《尼禄绘画》(1974)、《"海狮"行动》(1975)、《西格弗里德忘却布伦希尔德》(1975)、《瓦鲁斯》(1976)、《条顿堡森林战役》(1977)、《圣像破坏之争》(1979)等,是这一时期的代表作。

整个七十年代的德国艺术,尤其是青年一代的"新表现主义"艺术,充满着勃勃生机。其中基弗的创作无疑是最杰出的。1980年,西德方面负责选拔第39届威尼斯双年展德国馆作品的是克劳斯·加尔维茨,他考虑到新表现主义在作为双年展主题的"七十年代美术"中的重要性,因此,确定基弗和他的挚友巴塞利茨二人代表德国参展。基弗的作品在展出时引起巨大反响,对于画作的政治倾向,仍然褒贬不一。随后他又参加了国内外多次重大展览,作为美术家的声名,从此远播世界。

进入八十年代,基弗在主题的开拓和形式技巧的革新方面有着更大的发展。代表的作品有《天堂星空》(1980)、《滑铁卢,滑铁卢》(1980)、《玛格丽特》(1981)、《你金发的玛格丽特》(1981)、《名歌手》(1981)、《韦兰之歌》(1982)、《献给无名画家》(1983)、《苏拉密斯》(1983)、《黑暗》(1984)、《逃离埃及》(1984)、《尘世》(1985)、《女祭司》(1985—1989)、《铁路》(1986)、《带翅膀的调色板》(1985—1986)、《仲夏夜》(1986)、《西格弗里德迈向布伦希尔德的艰难之路》(1988)等。根据流亡诗人策兰的诗作《死亡赋格曲》所作的《玛格丽特》、《苏拉密斯》系列作品尤为著名。诗人重现大屠杀的骇人事件，形式新异；对犹太死难者的悲悼，以及对德国分裂的痛惜之情，表现尤为深切。此时，他大量使用油画颜料之外的新颜料如丙烯、乳胶之类，还有大量现成的材料，如干草、沙、花朵、头发、版画、照片、铅、铁，乃至电路板等等。他最爱使用铅材，用法也十分多样。各种书的制作，在他的作品中占有突出的地位，其中就使用了铅材。总之，他在形式方面的探索极其执着，自比古代的炼金术士，迷醉于艺术的永无止境的锻炼之中。

1992年，基弗从德国奥登森林中的村子移居法国南部阿维尼翁市郊小镇巴尔雅克。他把一个废弃的养蚕场改造成为一个巨大的工作间。在此，他搭建了数十座独立建筑于其上，又挖了数里长的隧道，堆满各种绘画材料，恍如一个实验室。在这个地下迷宫里，他继续以一位艺术家的工作，对德国乃至人类历史、文化和文明作出独特的阐释。像《星群》(1995)、《反圣像崇拜之争》(1995)、《波希米亚在海上》(1995)、《雅各布之梦》(1996)、《不可征服的太阳》(1996)、《金字塔下的人》(1996)、《广场》(1997)、《只伴着风、时间、声音》(1998)、《百花齐放》(1998)等，手绘、拼贴、各类装置，看得出表现的手段更为自由，其观察和思考的空间也更宏阔、更深邃。

随着新世纪的到来，基弗给人们继续带来一批新的探索性的作品。除了继续创作九十年代《这从星星上坠落的幽光》、《天－地》、《二十年孤独》、《植物的秘密生活》、《百花齐放》等同题画之外，尚有系列古代神话历史题材的作品，如《安德洛墨达》(2001)、《阿波罗多罗斯的清单》(2004)、《瑟茜》(2004—2005)、《古代女诗人》(2004—2005)、《罗累莱》(2003)、《该隐与亚伯》(2006);系列关于宇宙天体的作品,如《发散》(2000)、《天蝎座》(2001)、《仙女座》(2005)、《天上七宫》(2002)、《天宫》(2002)等,其他题材有《猎户座》(2001)、《器皿的破碎》(2000)、《天使们的秩序》(2000)、《我们握着所有的印度岛》(2000)、《书的殿堂》(2003)、《冰与黑暗的恐怖》(2003)、《抑郁》(2004)、《灰烬之花:致保罗·策兰》(2006)、《你的房子乘着黑色波浪》(2006)、《黑雪屑》(2006)、《约书亚》(2006)、《大地及其所有还在颤抖。巨人的力量万岁》(2006)等重要作品。正如基弗自己说的,愈到了后来,他对宇宙及其神秘事物表现出愈加浓厚的兴趣。从创作倾向来看,相对于前期的现代历史主题明显地有所偏离,淡化了政治色彩。但是,如果着眼于艺术与世界的深广的关联,则不得不承认,这些作品在艺术史上同样具有开创的意义。

基弗的艺术世界是博大的,但是,最富于个人天才特质的还是其鲜明的"德国性",对于现代德国的浩劫的史诗般的书写。但是,这些作品,并非历史场景的简单摹写,而是带有某种抽象的表现,是一种幻相,一种变奏,渗透了画家的历史感,充满哲理和迷人的诗意。即使他的绘画立场一度引起异议,其在艺术上的高度成就却是无可争议的。早在八十年代,他就被视作大师级人物;美国《时代》杂志和《纽约时报》对他的赞词是:"大西洋两岸同时代人中最好的画家"。

再版后记

认识安塞姆·基弗,缘于阅读时的一次偶遇。

已是20世纪90年代初的事。一天中午,我站在书店里翻看一本西方美术史,看到一幅油画插图,十分惊异。画面是一片割倒的麦子,它们成排成排地摆放在田野上。成熟的麦子,金黄的麦子,敞露刀口的麦子,犹如一具具青春的胴体,使我立刻想起法西斯的集中营、灭绝营、毒气室,一系列大屠杀事件。作者的名字,一下子让我记住了,他就是基弗。这幅细小的插图让我久久不能忘怀,及后,又看到他的《玛格丽特》和《女祭司》,以及不多的几幅建筑画,都给我类似的震撼。

为人类的艺术是有力量的。我托请朋友在德国和法国买了厚厚的两本基弗画册,这是我第一次,也是唯一一次在国外购买画册。有一段时间,我把它们摆在靠近书桌的地方,不时地取出来翻阅。

我国美术界大抵知道基弗的声名,但是,在很长的时间内,国内唯见河南美术出版社出版的一本薄薄的画册,其中极少文字,简直近于词条,美术史对他的介绍也都非常简略。为了购得湖南美术出版社一套小丛书中基弗的一种——其实不过是一篇不太长的论文，便足足等候了几年。

基弗的作品是诗的，也是思的，它们以巨大的体量，多样的形式，极富于创造性的技法，表现了德国，也是世界现时代的劫难：极权主义、战争、种族清洗、镇压异议者，一种可怕的历史记忆。人类的境遇具有相关性。基弗作品中的苦难质性，使我感同身受；那里面明确而隐晦的思想指向，一再引发我对史诗艺术的可靠性，以及艺术之外的历史悲剧的成因的追索。

过了若干年，在《清华美术》杂志工作的曾晓航女士向我组稿，知道我喜欢基弗，特地赠送了一本画册。她的热情使我无法推托，于是断续地整理了平日阅读基弗时的随想记录，连缀成文，最后题为《火与废墟》。写成后，曾女士离开了杂志社，便改由江苏人民出版社王翔宇先生作为小册子印出。

书出版后，似乎并不畅销，命运是寂寞的。想不到赵金女士见了，竟愿意推荐到她所在的出版社重印，这是很可感谢的。写作中，曾晓航女士和同事胡雅莉女士都曾翻译过不少有关基弗的资料供我参考，借此机会，一并致以深切的谢意。

林贤治
2017年10月29日

图书在版编目(CIP)数据

火与废墟:基弗艺术札记/林贤治著. —武汉:武汉大学出版社,2018.1
ISBN 978-7-307-19861-6

Ⅰ.火… Ⅱ.林… Ⅲ.随笔—作品集—中国—当代 Ⅳ.I267.1

中国版本图书馆 CIP 数据核字(2017)第 290377 号

责任编辑:赵 金　　装帧设计:鹿书工作室

出版发行:**武汉大学出版社**　(430072　武昌　珞珈山)
　　　　　(电子邮件:cbs22@whu.edu.cn　网址:www.wdp.com.cn)
印刷:武汉中远印务有限公司
开本:889×1194　1/32　印张:5.75　字数:115 千字
版次:2018 年 1 月第 1 版　　2018 年 1 月第 1 次印刷
ISBN 978-7-307-19861-6　　定价:48.00 元

版权所有,不得翻印;凡购我社的图书,如有质量问题,请与当地图书销售部门联系调换。